開高健は
何をどう読み
血肉としたか

菊池治男

河出書房新社

まえがきにかえて

開高健は蔵書家ではなかった。どころか愛書家でもなかった。

これぞと思った本は読む前にカバーをはぎとり、オビごと捨ててしまう。傍線を引いたり書き込みをしたりすることはないが、ところどころページを折り込むくせがあった。それも、ページの耳を折るというような可愛らしいやりかたではなく、ページの半分を折り込んだり、数ページ一緒に折り込んだりする。装丁、造本に情熱をかたむけがちな出版人からすれば涙ものだが、本を「読みたおす」覚悟みたいなものも伝わってくる。

五十八歳で亡くなるまで仕事場にしていた茅ヶ崎の家（いまの開高健記念館）には一万冊弱の本が残された。博覧強記をうたわれた作家の蔵書としては多いほうではないだろう。この数にいたるには、若くしては貧しさ、作家を志して決行した東京への移住、家族からはなれて目論んだひとり暮らしなど、本を減らす諸事情があったが、亡くなったあと、蔵書の一時保管をたのんだ先があやまってかなりの本を古本屋に流してしまったという考えられない事故もあった。

ただ、そうだとしても、残されたものはこの世にふたつとない本の一大集積。それらの大半は長らく人目に触れない地下の書庫に置かれていたが、本人言うところの「散歩的な乱読、雑読」の結果、開高健をかたちづくることとなった本たちであることにはまちがいない。

人目に触れる本もあった。一階の書斎に掘りごたつ形式の書き物机があり、その上に横一列に三、四十冊の本がならんでいる。わたしがここにかよった後期の十四、五年、書列の陣容は少しずつ入れかえられていたようだが、ずっとベトナム関係の文献が多かった。長年苦闘していた作品のための、すぐ手に取る必要のある資料なのだろう。きっとベトナム体験が大きな位置をしめる作品になるんだろうな。

当時はばくぜんとそう思っていた。

数年前、開高一家が茅ヶ崎に移る前に住んでいた東京・杉並の自宅を「開高健記念文庫」にする計画がもちあがり、設立の手伝いをすることになったとき、理事の特権で蔵書の何冊かを読ませてもらった。

最初に手にしたのは小松清著『ヴェトナムの血』(一九五四年　河出書房)。書斎の机の上にならんでいたうちの一冊で、前々から気になっていたものだ。

小松清についてはアンドレ・マルローの翻訳者としてのみ知っていた。

ふつうの仏文学者とばかり思っていたが、調べてみるとジャーナリスト、国士など多彩な顔を持つ快男児であるらしい。一九〇〇年生まれ。同年代のマルローとはフランス留学時代から親交があった。第二次大戦の後期から終戦後にかけて、日本軍占領下からの四年ほどを仏領インドシナで生き、表向きの文化アタッシェ的な活動だけでなく、現地の抗仏、抗日運動にも人脈を広げた。

その小松が五十歳を超えて初めて書いた小説が『ヴェトナムの血』。一読すると、一九四六年一月から二か月足らずのあいだに起ったできごとを、自身の実体験をまじえ自覚的に小説の手法をとって書いた作品だった。

「仏領インドシナ（仏印）」はこの後ベトナム、カンボジア、ラオスとして独立を宣言したが、ベトナムは南北に分裂、いわゆるベトナム戦争（第二次インドシナ戦争）へとつづく長い戦乱に呑み込まれていった。ただ、小松の小説のこの時期、仏印にアメリカの影はなく、毛沢東中国の足音もまだ聞こえない。

- 「仏越和平交渉」前夜を描く政治小説
- ベトナム解放に動く人士列伝
- 対仏独立戦の実態
- 日本人残存兵や有為の若者たちとの友情冒険小説

それらの要素をはらんだ物語がアンドレ・マルローばりの文体で語られる。

ハノイとその周辺を舞台に、冬の驟雨にぬれるベトナムの街の風景。その貧しさ、戦後闇市的な猥雑さ。背後から音もなく自転車（！）で近づいてくるテロリストの恐怖……。読む者のベトナム像の「彫り」を確実に深くする力がある。

読んでいて思わず叫びそうになったのは、小松小説のなかでひとり民家に潜む主人公「和田」に危険を知らせにくる現地人の女の名が「素娥《トーガ》」だったこと。

開高文学の画期となった小説《輝ける闇》（一九六八年）で、語り手「私」をベトナム人への共感と愛情にみちびく「眼の大きい、くちびるのゆたかな娘」がまた、漢字ルビそのまま「素娥《トーガ》」なのだ。

『ヴェトナムの血』のなかでこの「素娥」は、作中のベトナム人名がほとんどカタカナ表記であるなか、ひとりだけ漢字表記を持たせられている女性という点で特異な存在だ。彼女との死と隣り合わせの情交は、異国にあって異国の人々のために危険を冒すことの意味を「和田」に鋭く問うてくる。

「素娥」のような存在が、「和田」だけでなく著者・小松にとっても特別だったらしいことがうかがえる。《輝ける闇》における「素娥」にしても、「私」と濃密な交歓をくりひろげる存在として忘れがたいが、彼女なしにあの小説世界が成り立ったかどうか疑問だ。

名前の一致以外に、設定、容貌、せりふなどにこれといった共通点は見あたらないし、素娥という女性名がじつはベトナムでは一般的であり、ふたつの作品のなかでふたりの「素娥」が書かれたのは偶然だという可能性もないではない。しかし、私にはこれは開高健の小松作品へのひそかなオマージュのように思える。

小松清は『ヴェトナムの血』を書いた八年後、一九六二年、六十一歳で亡くなっている。開高家に残された本は昭和二十九年刊の初版だが、開高がどのタイミングでこの小説を読んだのかはわからない。ただ、この本から開高文学にじかに流れ込んでいく水脈がある。開高健の死後、茅ヶ崎の家は送られてくる書籍や雑誌や新聞やらであふれかえった。夫人が亡くなるまでの十年間に、この家から廃棄された物がはたしてどれだけあったんだろう、という状態だった。

それからさらに十数年、設立される記念文庫にはどんな本があるべきか。まずは、開高健の読んだことが確かな本を集めてみたら？　そのさいの手がかりは、開高健が愛すべき本たちに与えたしるし、つまり、カバーやオビの引きはがされた裸の状態であること。

ちなみに、『ヴェトナムの血』はもちろん裸で、大きく折り込んだところも二か所ある。水脈があるのは、そのあたりか、あのあたりか？

＊

――以上は三年前、筆者が入院する直前に書き、ある文芸誌編集者におくった原稿そのもので、当時、手術の結果、発声ができなくなることが確実なほかはなにもわかっていなかった。

ただ、もし復帰できたら、開高健ののこした「蔵書の森」を、主《ぬし》の読み方を想像し、かれの立ちどまったところでこちらも立ちどまりながら歩いてみたい、と切におもった。おおげさだけれど、それが先方にかすかにみえる灯りのようにおもえた。

夕暮れ、ひたすら下っている山道で、しだいに細くなり先には谷筋しかないのではないかとおもいはじめたとき、前方とおくにかすかな人家の灯をみたときのように。

ただし、この原稿（「新潮」二〇一六年四月号掲載）の内容には、訂正というかおことわりしておきたい点がふたつある。

急《せ》いて記憶だけで書いてしまったのだが、その後確認すると、この小松清『ヴェトナムの血』の開高健による「折り込み」はじつは一か所だけだった。開高による折り込みは、その位置、数、時期などによってさまざまな意味を持つといまわたしはおもう。このばあい一か所しかないところが問題なのだが、当時はそのことについて認識が浅かった。このあたりについては本文でもうすこしくわしく述べたい。

また、文中にある「開高健記念文庫」は二〇一七年秋にすでにオープンしている。開高健（一九三〇年十二月三十日〜一九八九年十二月九日）の全著作の単行本、文庫、全集をはじめ、関連本、初出誌類、資料などを公開しているが、もうひとつの特徴は、開高が最晩年まで手もとに置いた蔵書の実物を手にとってみることができるところにある。

ただし、記念文庫にある蔵書は、のこされたもののほんの一部。まず、前の文章でふれられている『ヴェトナムの血』をはじめとした書斎机上の三十冊ほどの資料（仮にこれを「机上蔵書」と呼ぶ）は茅ヶ崎の「開高健記念館」書斎の展示物として移動がゆるされなかった。また、司馬遼太郎、井上靖ら著者のサイン入りの寄贈本も貴重なものとして手にとれるかたちでの公開にはむかないと判断された。

いま東京・杉並の記念文庫に移送されてあるのは、開高健の読んだことが確実な、「読みあと」のたどれるものだけ。しかもそのすべてではない。だが、「記念文庫」のスタート時のものとして、これらを「開高蔵書」と称し、茅ヶ崎に残されたものと区別することにする。

以下は、その開高蔵書を森にみたて、先行者ののこしたしるしを追って歩いた覚えのようなものである。開高健との旅にくらした日々の個人的な記憶も、それらの木々（書籍）にまつわるかたちで出てくる。言及できた本はごく少ないが、そこから見えるこの森の深さ、木々の実りのゆたかさ、この森を歩くたのしさがすこしでも伝わったらとねがっている。

むかしの書籍はかなりもろい。まして開高健のような「本を読みたおす」タイプの読者のものは、いつまで現物を公開できるか心もとないこともある。いつか、折りあとの位置やその他の情報をいれこんだ「開高健蔵書リスト」を開高健記念会ＨＰにあげることができる日がくるかもしれない。

なお、文中、開高健の作品名（短編小説やエッセイのタイトル）は〈　〉、単行本名（長編小説や短編集、エッセイ集など）は《　》で示した。また、巻末に付録として、「開高健が読んだ本詳細リスト」、ある雑誌特集のために筆者が制作した「開高健作品の基礎知識」「ある「開高健」年譜」を収載した。

開高健は何をどう読み血肉としたか◉目次

装幀——水上英子
カバー写真©高橋昇

——だとすると私は歪《いびつ》な完全主義者ということになろうか。（開高健）

開高健は何をどう読み血肉としたか

第〇・五章　この森の歩き方

「開高健記念文庫」へようこそ。

こんな声で聞き取りにくいでしょうがお許しください。

この施設はむかし、開高一家が神奈川県茅ヶ崎市へうつるまえにすんでいた住居の二階にあります。

建物自体は二〇〇二年に建てなおされていますが、開高健が《輝ける闇》《夏の闇》なんかを完成させた旧書斎はこの二階の北東側の、いま開高の全著作をならべた棚のまえのあたりにあったようです。

こちらの壁面におかれた書棚には開高健の蔵書の一部、約四〇〇冊がならんでいて、廊下の書棚にも一〇〇冊ほどがおかれています。開高健という稀代の書き手は、稀代の読み手でもありましたから、かれがどんな本を読んでいたのか、身近においていたのか、ご興味のある方は手にとってご覧いただけます。

ここにならべられた書籍の一冊一冊は、じぶんが読んだ本についてこんな文章を書きつづる読書家の所蔵によるものでした。

スタインベックの掌《てのひら》小説の一つに『朝食』というのがある。いきずりの旅行者が野宿している貧しい綿つみ労働者の一家に朝飯を御馳走してもらって、それがすんだあとまた旅をつづけるという物語で、文庫本にして五ページあるかないかというだけのものである。〝小説〟とも〝物語〟ともいえないし、〝ルポ〟というものでもない。もし記述ということばを使うなら作者がほんとに書きたくて書いたことがすみずみまでわかる、句読点の一つ一つにまで爽やかな息づかいのこもっていることがよくわかる、ある一瞬についての記述である。野外のひきしまった早朝の空気のなかでジュウジュウとはぜるベーコンの音がそのまま聞こえてきそうなのである。ただそれだけのことなのである。けれど、こういう絶品を読むと、文学はこれでいいのだと思わせられてしまう。〈飲む〉一九七一年＝開高がこれを発表した年、以下同）

こんなふうに読まれたら、書いたスタインベックもうれしいのではと想像してしまいます。ここの「主《ぬし》」はまた、こんな昂奮を本について書きとめる人物でした。

永いあいだ噂ばかり聞かされていたチャプリンの自叙伝がとうとう日本語でも出ることになった。名訳者の達意のペンでこの容易ならぬ人物の横顔が皺ひとつまでいきいきときざみあげられた。二日かかって一気に読まされ、うっとり満腹した。

これは一人の天才の生涯であり、二十世紀プラス十一年間の現代史であり、映画作法書であり、ハリウッド変遷史であり、演劇書であり、広大な旅行記でもある。何よりも登場人物の多彩さとくると類がない。肖像画の巨大な画廊を見るような気がする。これくらい贅沢、豊饒な書物はちょっと例がない。乞食。サーカス芸人。娼婦。タクシー運転手。ハリウッド・スターたち。バレリーナ。詩人。作曲家。作家。哲学者。科学者。資本家。政治家。国王。いずれも超一流の今世紀の顔、顔、また顔の群れ。この一冊でいったい何冊分の本の楽しみに相当することか、見当もつかない。〈『チャップリン自伝』㈠〉一九六六年)

雑誌や本の編集をしごととしてきたのでついそう感じてしまうのかもしれませんが、こんな読み手に読まれ、身近に置いてもらえた本たちは幸せだなあとおもわずにはいられません。

ただ、まえがきにも書きましたが、開高健は蔵書家でも愛書家でもなかったようです。開高健と本、読書にまつわるエピソードはこれからも述べる機会があるとおもいますが、ここ記念文庫にならべられているのは、もちろん開高健の蔵書の一部、かれの生涯の読書からすればどちらかというと後半生のもので、独特のしるしのあるものばかりです。


それを紹介するまえに、この文庫の蔵書の「主」がどんな人物かをもうすこし。

開高が三十歳になるかならずのころ、読書論を書けという注文にこたえて〈心はさびしき狩人〉というエッセイを書いていますが、じぶんの幼いころからのくせとして「寝ころんで読むのがいちばん」「本を読んでいるうちに眠りこみ、いつのまにか心臓がとまってしまったという死に方がいい」などとし、「万巻の書棚を背負わなければ歩けません」というかのような書斎人たちに対してちょっと斜にかまえながら、こんなことを書いています。岩波書店の「図書」という雑誌への寄稿。

……私はE・H・カーの『カール・マルクス伝』の愛読者でもあるが、モオリヤックの『テレーズ・デケイルウ』の愛読者でもある。梶井基次郎の読者でもあるが、同時に魯迅の読者でもある。チェーホフに耽ったかと思うと、スノーの『中国の赤い星』にも打たれた。これはルポルタージュだけれど立派な文学である。簡潔で、活力に富み、苛烈悲惨な現実を見ながらユーモアを忘れず、十の力を一に使ったイマージュの鮮やかさが忘れられない。けれど、同時に、その私は、無思想、無理想の大空位時代、ロシヤ帝政末期のチェーホフのわびしい微笑にも共感するものをおぼえるのである。

こういう自分を軽薄だと思って、ある頃、私は腹をたて、中島敦の自嘲をそのまま擬し、愛想をつかした。自分が矛盾の束であることを発見して、しかもそのそれぞれの矛盾がどうにも拒みようがない密度をもって訴え、迫ってくる事実は認めざるを得ないので、とうとう、中島敦の言葉を借りると、そのような自分の愚かしさに殉じてその都度その都度の愚かしさの濃厚の度に応じて生きてゆくよりしようがないのではないかと考えたことがあった。そうではないか。カーの読者がなぜモオリヤックに打たれるのか。梶井基次郎のファンがどうして同時に魯迅のファンであり得るのか。スノーを賞讃するがなぜ言葉をひるがえしてチェーホフを賞讃するのか。〝矛盾の束〟という表現のほかになにがあり得ようか。〈心はさびしき狩人〉一九六〇年）

矛盾の束、というのはいかにも開高さんらしい、後年までつづいた自己評言だったようにおもいます。

*

一九七四年に建てられた神奈川県茅ヶ崎市の、海岸にほどちかい白亜の一軒家。家族からはなれて小説に専念するということで印税の前借りをして建てたという開高さんの〝仕事場〟でした。現在「開高健記念館」として一般公開されていますが、その書斎の地下が書庫になっており、わたしがはじめてそこに入ったのは開高さんの密葬のときでした。

一九八九年十二月九日に亡くなって、翌日、茅ヶ崎の家でおこなわれた通夜を手伝いにいき、階段下の書庫に立ち入って出るチャンスを逸しました。階上で進行する弔問客と喪主のやりとりを声だけ聞くかたちになってしまった。一階のせまい書斎（兼居間）いっぱいにおかれた棺や花のわきに牧羊子夫人がすわり、弔問客のひとりひとりに声をかけているようすが階下からうかがえました。

「お世話になりました」「ありがとうございました」といったことばはひとつひとつ相手によって変えられていて、想いが声音《こわね》からつたわってきました。

ある女性にむかって発せられたらしい「あなたには敵わなかったわよ！」ということばにどきっとさせられたこと、佐治敬三さんがかけつけたときこらえきれずに泣き崩れてしまった牧さんのこと、などが記憶にあります。佐治さんの場合は名前を呼んだので階下にいたわたしたちにもそれがわかったのでした。

書庫におかれた本や物を意識する余裕はまったくありませんでした。

書庫のなかをゆっくり見る機会がきたのは、それから二十年以上もたってから。開高一家が茅ヶ崎の前に住んでいた東京・杉並の家に「開高健記念文庫」をつくるため、そういう眼で茅ヶ崎の仕事場にある蔵書類をしらべておこう、ということになったのでした。

〝図書係〟の一人として意識しながら見ていくと、開高さんの蔵書にはふたつ、はっきりした特徴がある。それらがいまの「記念文庫」の蔵書の棚をつくる目じるしとなりました。

ひとつは、開高さんが本を読むとき、カバーやオビをはがしてしまうらしいこと。

これについてはぎょっとなった記憶があって、むかし、茅ヶ崎にかようようになって間もなかったある日、電話でたのまれていた本を都内で買ってとどけたときでした。「おう、待ってたで」「おそくなりました」「それで？」「これです」といったやりとりがあったのですが、開高さんは本をうけとると、いきなりカバーをオビごとひっぱがして屑籠に捨ててしまった。わたしはきっとぽかんとしていたのでしょう、開高さんは「なんでびっくりするんや？　あかんか？」という、ちょっとこちらをためすような眼をした、ようにおもいます。

後知恵でいうと、開高健はいざ読むぞ、というとき、本をはだかにしてしまうらしいのです。「本は外見じゃない、中身だ」と主張していたようにみえます。内容とまっすぐ向きあおうとう姿勢のあらわれにもおもえます。そして、はじめてはいった茅ヶ崎の書庫でみると、裸にむかされた本のおおいこと！　このあたりについては、のちに随時おはなししようとおもいます。

それにしても、読むときにカバーをはずしたりすることはわれわれなんかでもやる。とくに文庫本などはかならずやるといってもいいくらいです。ただ、読みおわったらふつう、オビはともかくカバーはもとにもどさないものでしょうか。捨ててしまうというのはいかがなものか。

そしてもうひとつ。開高さんの蔵書にはふつうにページを繰ったような指のあとがあるのですが、傍線や書き込みがほとんどない。そのかわりにある、ページを三角に折り込んだあと――。気になったところにしるしをつけただけだろうと最初はおもいました。ところが、かなり部厚い本でも、折り込みは一か所だけ。

なぜ、そこか？

なぜ、そこだけか？

なんのために？

線でも引いてあるならばまだ、どこの個所が読み手の興味をひいたのか、どこで読み手が立ちどまったか引っかかったかわかりやすそうですが、折り込みだけでは「なんのために、そこ、そこだけ?」は模糊としたままです。さらに調べていくと、折り方にも何種類かある。この癖はかなり長きにわたって開高さんの読書の〝作法〟だったらしいのですが、折る場所がページの「左上角」「左下角」「右上角」「右下角」とあって、しかも折り方がすごい。ちいさい折り込みでも字面を避けていない。だけでなく、ページの半分を折り込んだり、数ページいっしょに折り込んであったり。

なぜかと考え込むと同時に、開高さんのからかうような笑顔がうかんで、猛然と興味がわいてきてしまった。

「なぜ、そこか?」——折り込みがなにか文章の個所を指しているとしたら、それはどこか? 前後を読むと「これか? この個所か? この形容か? このエピソードか?……」すぐにおもいあたる一節が見つかった(とおもえる)ケースもありました。ただ、やはり傍線が引かれているわけではないのではっきりしません。

「なぜ、そこだけか?」——大部の本のなかでこの一か所しかないのか? そこになにか特殊な事情でもあるか。特別な感動? あるいは共感、あるいは異見、批判。記憶すべき記述……。でも、各本に一か所しかない、というのが不可解。

「なんのために?」——ここまで読んだという栞がわり、というのもありそうにない。それなら折ってもどした跡があるはずでは? あるいは、あとで読みかえしたりするときのための覚え? それとも、この本の読書体験をいちばんリアルにおもいだせる個所につけた〝タグ〟? あるいは、ぜんぶ読み終えてから全体を見渡して折り込むところを決めたのか?　いやいや。

いずれにしろ、書きかけ原稿や構想メモをまったくのこさなかったこの蔵書の主《ぬし》との、散歩的「対話」のための手がかりがそこにさがせるようにおもえたのです。

*

杉並の記念文庫はその理念に、

「開高健の全著作、初出誌類、関連図書・雑誌類のほか、蔵書類、直筆原稿、写真・画像類、愛用・愛蔵品など他では実見できないものを展示・公開していく予定です。」

とうたっています。どういう施設にするか、茅ヶ崎の記念館とのちがいをどう出すか、開館準備のさい議論はさまざま出ましたが、著作類、関連書籍類については開高健記念会の会員から寄贈を募ったことでかたちが整いつつあり、蔵書の展示のしかたが問題でした。

まっさきにわたしが考えたのは、開高健がいろいろなところに書いた文章――いい文章がたくさんあります!――と、その書かれた本をならべて、手にとって読めるよう展示することでした。なにより、じぶんがそうした展示が見たかった。

ところが、茅ヶ崎のあちこちの書棚に、それらしい本が意外にすくないのです。たとえば先に引いたスタインベックのものや『チャップリン自伝』なんかも実物がみつからない。開高健が

「改訳が出るたびに買い求めた」といっていたサルトルの『嘔吐』（白井浩司訳）も、当初、いちばん広く読まれた版のものすら見つからなかった。「まえがきにかえて」にあるように、事情があってあずけていた蔵書が処分されてしまうという事故がありましたが、そのとき古びたものから捨てられた可能性があるのです。

また、読みおわった本や読む気のない本、そばに置いておかない本はどんどん人にあげていたようで、茅ヶ崎で手提げ袋いっぱいもらって帰る客をみかけたことがなんどかあります。

蔵書の移送と展示についてはまた、開高さん本人が生前、じぶんの蔵書をひとに見せたがらなかったことから、展示自体に消極的な意見もありました。「ネタモトばらしてどうすんのよ！」という声もありましたが、とりあえず今のような「しるしのある」ものだけを選んで移送し、「文庫初期蔵書」とすることで記念文庫のオープンにこぎつけました。

つけくわえれば、蔵書を公開したからといって開高作品のすごさが一ミリもゆらぐとはおもえませんが、書籍類の劣化もあり、一般公開、それも「手にとれる」かたちの展示がいつまでつづけられるかは問題かもしれません。

はなしをもどすと、茅ヶ崎の蔵書、とくに地下の書庫は開高さんの死後、混乱をきわめていました。牧羊子夫人や娘の道子さんのものらしい書籍、雑誌、だけでなく、開高家に贈呈されたらしい書籍や雑誌類、開高さんが手にとったとはおもえない真新しい全集などが混在しているのです。開高さんが亡くなって以降の二十年ほど、ここは文字どおり物置となっていたのです。その混乱から、まず開高さん自身の蔵書を選《よ》り出したいとおもいました。〝図書係〟としては、救い出したい、という気分です。

方法としてまず単純に、こう決めました。発行日が一九九〇年以降のものは除けること＝開高さんの生前の蔵書にしぼる。

もうひとつは、はだかの状態のものを選ぶこと＝開高健が読むためにはだかにし、なんらかの理由で書庫に残された本。

ちなみに、牧さん道子さんはカバーをはぎとるくせはなかったらしい。ページを折り込むことも、このお二人はやらなかったようです。（厳密にいうと道子さんは折り込むこともやっていた時期があるらしいのですが、同時に書き込みをするケースがおおく、字が開高健とちがうのでそれとわかります。）

ところで、読書は出会いに似ている、なんていわれます。相性とかタイミング。じぶんの読書経験からもそうおもうことがある。

若いときあれほど感動した本。友人たちに教えまくった本。これがあればすこしだけ前へ進める、生きていける、とさえおもえるほど震わせられた本。活字の周辺で生きていきたいとおもわせられた本の数々。

むかし読み切れなくて、でも気になって本棚に置いたままだった本。歳を重ねてからなにかの拍子に手にとってパタッと開け、その一節にいやおうなしにひきつけられ、最初から読みとおしてすごく得したおもいをすることもあります。なんで以前はこの面白さがわからなかったんだろうとホゾをかむ。もっとショックなのは、若いころあんなに感動したのにいまはちっとも響かない、とか。

開高さんは書物について、本を読む歓びについて、たくさんの文章を残していますが、たとえばこんな個所。四十歳のころの文章。


書物で人生を学んだことと、人生で人生を学んだことと、どちらのほうが多いかと、ときどき考えかけることがあるが、いまだに明瞭な答えがでてこない。その問いはニワトリがさきか卵がさきかの議論に似たところがある。そこで問いをしぼって、名状しようのない本と出会うことが幸せであるか不幸であるかと問いなおしてみるが、これもまた沈黙におちこむしかないようなところがある。そもそも隕石にうたれるような経験なのだから。〈本と私〉一九七一年)

本とは、とくに小説は、半分は読み手がつくるものではないか。あるいは、年齢とか、時期とか、恋愛事情とか、世界情勢とか、そのときの読み手側の事情が強く作用する、一種の共犯関係なのではないかとおもえます。読み手側がつくる部分の多い少ないはべつとして。

開高健の蔵書をまえにして、その背文字や著者名のひとつひとつを見ていきます。ゴーリキー、サルトル、ボルヘス、チェーホフ……、名前だけ知ってるものもあれば、読んだことのあるものも、少数ながらある。でもほとんどは未知の、あるいは手にとったこともない本たちです。しかし、とおもいました。「あ、これはアマゾンの旅に関連したものだな」「これはモンゴルの旅とチンギス・ハンとシルクロードについての資料だな」「へえ、こんな釣り本を読んでいたのか」といったじぶんなりの感想をもつ書物もならんでいるのです。

これらはあの、稀代の書き手にして稀代の読み手である人物が、いちどは面白いと感じたり感動したりうなったりしたことがほぼ確実な本たちです。本をひらけばひとつの魅力的な地平が待っているかもしれない。見たこともない光景や感情や知恵や感受性や……。開高健がよく引いたニーチェの文句をおもいうかべてしまいました。

「あまり深い淵の底をのぞきこんではいけない。さもないとやがて淵がおまえをのぞきこむであろう。」

という意味の、いや、そのことばの持つ無気味さとは正反対のわくわく感、でしょうか。

わたしは開高さんが亡くなったときにも《オーパ！》の連載雑誌の編集部にいたのですが、追悼の記事をつくらなければならなくなったとき、こんな文言をいれさせてもらいました。

「私たちは、先生のいない世界にとどまります。しかし、さよならとは言いたくありません。遺された魂の記録、先生の全作品が、これからも繰り返し発見と驚きの喜びを読む者に与えてくれる、鬱蒼とした未知の森だと確信するからです。」

開高作品のひとつひとつが〝森〟のようだという気持ちは、いまもまったく変っていないとかんじます。同時に、開高さんが遺した蔵書——ほんの一部ですが——の棚もまた、分けいれば深く豊かな、歩き方もきっと人の数だけ、読み手の数だけある森のようにおもえたのでした。

第一章　はじまりのベルリン

「壁」が崩壊した一九八九年十一月、ベルリンにいたこと――。
　その壁の崩壊から一か月後、開高健は亡くなったこと――。

開高蔵書のなかにウイリアム・シャイラー著『ベルリン日記』という筑摩叢書の一冊があります（一九七七年刊）。この本の折り込みについてふれるまえに、じぶんの旅のはなしをひとつさせてください。

開高健と初めて会うことになった一九七六年春。その三か月ほどまえに、わたしはベルリンにいました。「BERLIN　15年目の冬」――つくられて十五年目になっていた〝東西冷戦の象徴〟の両側、東西ベルリンの現状や暮らしのさまを写真でくらべる企画の取材。

のちのアマゾン釣魚紀行《オーパ！》プロジェクトに参加することになったのには、このとき書いたレポートが作用していたらしいと、ずっとあとになって聞きました。

その日航機は夜間に羽田をたつ便でした。一九七五年十一月、成田国際空港はまだ開港していませんでした。

同期の編集部員ふたりが見送りにきてくれました。当時空港などで海外出張者を盛大に見送るのはよく見られた光景で、それだけそのころの海外渡航はレアで誇らしく、また心配・不安のおおきなイベントだったのです。

見送られるのはわたしひとり。入社一年半、うしろ首の細い二十六歳、向かう先は東西のスパイが暗躍する（らしい）ベルリン……。同期のひとりは言いました。

「おれなら断るな、こんな出張。カメラマンは現地調達、ライターの同行もない。準備不足だろうし、おまえひとりでどれだけやれるんだ？」

「ドイツ版の「ＰＬＡＹＢＯＹ」が協力してくれる。ハンブルクで通信社の駐在員が相談にのってくれる。おれはいちおうドイツ語はかなり勉強した。大丈夫だとおもうよ」

答えながら、同期ふたりの気の毒そうな、ちょっとうらやましそうな顔をのこして勇んで飛行機にのりこんだ、とおもいます。

機内で席がとなりあったのは日本の大手建設会社のフランクフルト駐在員で、おっさんに見えましたがまだ四十歳ぐらいだったでしょう。男性月刊誌の編集部員でこれからベルリンの壁の取材にいくのだと名乗ると、ふん、という顔つきをした、ようにもおもいます。

ドイツははじめてだというし、絵にかいたようなひょろい若僧だし、単身だというし……。ドイツ体験の先輩として気にかけ、いろいろ忠告をさずけてくれました。意識的に国境というものを越えたことのない身としては、よろこんで高説を聞きました。

ですが、そのほとんどをおぼえていない。唯一耳にのこったのは、こちらが男性誌だからでしょうが、そのころドイツで多くなっていたというガストアルバイター（外国人労働者）のことでした。おもにトルコから流入しているということも初耳でしたが、かれらは週末になると「壁」をこえて東側へ大挙してオンナを買いにいくのだという。

「このことは書いたらいいよ、ふつうの新聞記者は書かない現実だ」

そうだろうな、とおもったことをおぼえています。

ドイツに着いた、その夜に、日本から持っていったカメラをタクシーに置き忘れた。それとともに、多少はしゃべれるだろうとおもっていたドイツ語会話への自信もすっとんだのでした。タクシーの運転手に「雪はもう降ったか？」とはなしかけてダダッとドイツ語でかえされ、片りんすら理解できなくてへこんだ。

頼みの綱である通信社のハンブルク支局に電話したら、道順をおしえてくれました。「ガソリンスタンドがあるからそこを曲がっておいで」

で、すぐにホテルを飛び出して指示された方向にむかったのですが、そのガソリンスタンドが見つからない。道行く人にたずねようとおもってはたと気がついた。大学の授業ではカントの

「純粋理性批判」の講読にだって参加した――参加しただけですが――のに、ガソリンスタンドのような日常単語ひとつ知らない。英語で「ギャス・ステーション」と言う。ドイツ語ふうに「ガス・シュタツィオーン」「ガス・シュタント」と言ってみる。すべてダメ。身振り手振り、まったくからぶり。とほうにくれていたら、散歩中らしきおばさんが何かのはずみに気づいてくれた。「おお、タンクシュテレね」――Tankstelle、聞いたことも見たこともない単語でした。

なぜ語学でそんなにへこんだかというと、この企画、この出張じたいがじつはかなりの無理のうえになりたっていたからです。その〝無理〟のなかでも「ドイツ語はまかせてください」というハッタリはけっこうな部分を占めていました。

「PLAYBOY日本版」（=「月刊プレイボーイ」）は、のちに開高健の連載《オーパ！》の舞台となる男性月刊誌ですが、創刊から半年だったそのころは、毎号、目玉企画として海外の旅レポートをのせていました。作家やライターが行くのがふつうでしたが、編集部員が行かされるケースもあった。先輩記者がパレスチナやキューバのレポートを書いていました。ただ、たいていカメラマンや同行者がいた。

二月号というのは十二月二十五日発売の、実質の新年特大号。細かい事情はわすれましたが、編集部として準備していた企画がだめになったかなにかでページが空きそうになったのだとおもいます。わたしが出していたベルリン取材のほかに、すぐに出来そうな企画はない。カメラマンもライターの手配もできない。時間もない。「大丈夫か？」と編集会議できかれ、わたしは胸をはって答えたはずでした。「大丈夫です。だいいちぼくは独文科、みたいなところの出です。ドイツ語はまかしてください」。

　創刊誌の編集部では毎日が沸騰していました。新人だろうとなかろうと、書かされるし、インタビューさせられるし、出張にもだされる。

　別の取材か打ち合わせをおえて夜の編集部にもどってきたら、エレベーター前で先輩の主任が編集長と口論している。あとで聞いたらなんとわたしの出張の件でもめていたのだという。編集長は「あんな、コピーボーイ（雑用係）みたいな新人をひとり海外にはやれない」といい、主任は——数号前にパレスチナのレポートを書いたひとでしたが——「あいつに行かせるべきだ」と主張し言いあいになったというのです。

　——ちなみにこの編集長はこのあと、わたしの書いたレポートを読んで「文責として署名記事にしろ」と指示し、さらにその三か月後、開高健にわたしを引き合わせてくれることになる、《オーパ！》そのものの仕掛け人となる恩人です。


　ハンブルクで通訳兼ガイドのシューバート君を紹介され、彼と一緒にミュンヘンにあるドイツ版「ＰＬＡＹＢＯＹ」の編集部に飛びました。

　あらわれたのは大柄な、スターリンひげをたくわえた四十がらみのカメラマンでした。紹介してくれたとき、ドイツ版編集長だけでなく彼の眼にもこちらの若僧ぶりへのとまどいがうかんでいるのをわたしは見逃さなかった、ようにおもいます。意識過剰かもしれません。かれにはマネージャーとして美人の細君が同行していました。

企画の意図を説明すると、かれらは条件を三つ出してきた。①じぶんたちは別行動をとる。意図はわかったからこちらのやりかたでやらせてもらう。②レンタカー代とじぶんたちのホテル代は現金で精算してくれ。③撮影料の半分は前払いのこと。

①で、カメラマンに同行しかれに現地事情をきこうというもくろみはくずれました。③の撮影料というのは拘束時間からの計算だったとおもいます。半分を日本からの送金にしてもらいましたが、それでも手もちの取材費の半分ぐらいが飛んでしまった。

なので、ベルリンにはいってからは食費をきりつめ、昼と晩の二食をピッツァ（ピザ）ですませることにしました。これは苦痛でもなんでもなかった。日本でピッツァというものを食べたことがなかったので、こんなにうまいものがあるものかと感動しました。ピッツェリア（ピザ店）はいたるところにあり、しかも安かった。

シューバート君は大阪に二年ほど滞在経験のある青年で、わたしと同い年、関西なまりの日本語を話します。ふたりとも若かったから、夜中のビールとピザを熱源に朝から晩まで走りまわりました。

- ブランデンブルク門
- チェックポイント・チャーリー（ドイツ人以外のための国境検問所）
- 東と西のメインストリートの風景の落差
- 人質スパイの交換で有名なグリーニッカー橋
- 東側に建てられた、壁をみおろすテレビ塔

・第二次大戦の空襲で破壊されたまま、東西どちらからも手を出せないという廃墟……
亡命者（複数）にあい、東側の家庭をたずね、西側のバイク野郎のたまり場を取材し、西ベルリンの右派出版社に行って「ＰＬＡＹＢＯＹ」を目いっぱいばかにされ……。

帰国の日の午前中まで〝壁〟周辺をあるきつづけた。どのくらい取材すればページが埋まるのか不安だった。編集部はすくなくとも十ページはあけて待っているはずでした。

＊

スターリンひげのカメラマンの腕はたしかでした。壁のきわにたてられた十字架――亡命で命をおとした人の墓――の写真などは、いまでも記憶しているひとがいるぐらいの説得力。結果的にこのベルリンレポートは十四ページのものとなりましたが、その文章の最後をこうしめくくりました。ちょっとおこがましいですがここで引くと、

「もう、ふたつの国、ふたつの街が出来たのだ。それは、ドイツ１国の人間のちからではどうしようもないことなのだ」

私たちは、インタビューの先々で、そういうつぶやきを聞いた――。

東ベルリンのアレクサンダー広場のわきに、大きな金属球を串ざしにした形のテレビ塔がそびえている。高さ３６５メートル、金属球の一部がレストランになっており、人々はそこで、

壁や東西ベルリンを見おろしながら食事が出来る。東ベルリン最後の夜、そのレストランから見た光景は、一種の衝撃だった。

目の下には、街の灯《ひ》が東西に広がっていた。それは、とてもふたつに分断された都市の夜景とは思えなかった。私は一瞬、東京タワーから夜の東京を見おろしているような錯覚におそわれた。

「トーキョーがベルリンのように分断されたらどう思います？　オーサカが、そしてキョートが……」

取材先でよく問い返された言葉を思い出した。確かに灯の広がりは、ベルリンがひとつの街であることを示していた。だが、それは旅行者の幻想にすぎない。なぜなら、いまも、この夜景の中で、誰かが亡命を思っているかも知れないのだから。

検問所を過ぎ、私は西にもどってきた。最後にもう一度ふり返ると、今は使えない市電の線路がまっすぐ壁に向かって伸び、壁の所でやはりふっつりと跡切れているのが見えた。


いま読むと、この最後の「ふっつりと跡切れている」個所が、当時ラジオで耳にした谷川俊太郎の詩の一節「そこからさき、地球はふか～く欠けているのだ……」からイメージを〝いただいた〟のだとおもいだします。それと、「旅行者の幻想」という一節におおいに迷ったことも……。旅行者の幻想――そう書いてしまうと、このレポートじたいが丸ごとそうなのです。一旅行者、しかも国境をしらない若僧の感想にすぎない、と切って捨てられる可能性はある。

しかし、このことは取材に出る前からなかば意識していた。意識せざるを得ませんでした。当時がどんな時代だったかといえば、「ＰＬＡＹＢＯＹ日本版」が創刊されたのが一九七五年の五月ですが、その創刊号校了中の四月末にサイゴンが陥落、ベトナム戦争が終わりました。編集部全員がかたずをのんでテレビニュースに見入っていた記憶があります。世界は「多極化」にむかうかに見えながら、東西冷戦の構造は厳然としてありつづけました。ベルリンの壁についてのレポート類は新聞特派員のもの、ベテラン外交官のものなどいくつも出ていて、じぶんがそのような、きちんと情報や体験にうらづけされたレポートなど書けるはずもなかった。

おくりだすとき、副編集長が言ってくれたことばだけがたよりなのでした。

「町角なら町角、市場なら市場、オンナならオンナ、東と西を写真でならべればいいんだ。フォトドキュメントなんだ」

じぶんにできそうなページのかたちが見えた気がして、初めての海外出張とそのレポートのしごとに奮いたつおもいでした。

その年末、雑誌が発売されてすぐ、往きの飛行機でとなりあわせたひとから編集部に電話が入りました。「あなたのレポート読みました。あのときは失礼しました」とのことでした。うれしかったのなんの。ただその直後、大先輩の翻訳家からの指摘にうなだれました。かれはこう言ったのです。

「君のレポート読んだ。国境を知らない日本の若者が書いたものとしてはまあ読めた。だが、

〝ふつうの日本人である私〟というのは何だ。なにが〝ふつう〟なんだ? 知らないのは君だろう? 〝戦争を知らない自分〟とか〝戦後うまれの私〟とか書くべきじゃなかったか?」

＊

開高健の蔵書のなかにあった『ベルリン日記 1934―1940』(筑摩叢書、一九七七年初版)に手が伸びたのはそんな経緯もありました。

この本にある開高健の折り込みのことにふれるまえに、わたしなりにこの本の概要をまとめてみます。

著者ウイリアム・シャイラーの主著『第三帝国の興亡』について開高はいくつかのエッセイで触れていますが、この『ベルリン日記』について書いているものは見あたりません。

この本のアオリ文句はこうです。

ナチズムとヒトラー研究の古典
ナチズム勃興期のドイツにあって、当時最新のマス・メディアであったラジオを駆使して故国アメリカへ、迫り来る戦乱と民主々義の危機を報道し続けたジャーナリストによる迫真の記録。(オビコピーより。古書で確認)

ウイリアム・シャイラーは、同書訳者の一人、大島かおり（もう一人は大久保和郎）の「あとがき」などによると、

一九〇四年シカゴ生まれ、一九二五年以来「シカゴ・トリビューン」「ニューヨーク・ヘラルド・トリビューン」などいくつかの新聞社・通信社の特派員としてヨーロッパ各地で活躍。一九三七年にコロンビア放送会社（CBS）に移り、ラジオを通じて激動するヨーロッパ情勢の報道をおこなった。一九四〇年末にいったんアメリカへ帰国、翌四一年に『ベルリン日記』を刊行した。ナチズム研究の集大成である主著『第三帝国の興亡』の刊行は一九六〇年。一九九三年没。

ナチズムやヒトラーについてあまたある史書、研究書、実録物のなかで、シャイラーの主著『第三帝国の興亡』はもっとも高名なひとつですが、開高蔵書のなかにも全五巻（東京創元社刊）がそろっています。折り込みもあります。

ただわたしは、本書訳者の「あとがき」の指摘にしたがいました。

……ウイリアム・L・シャイラーはその大著『第三帝国の興亡』によってつとにわが国でも広く知られているが、戦後三十余年を経た今日（引用者注・一九七七年）までのナチズム研究の成果によって、彼の第三帝国史はかなりの部分でのり越えられてしまったと言わざるをえない

のにたいして、この『ベルリン日記』は生々しい歴史の息吹を伝える目撃者の証言として、いまなおそのすぐれた価値を失っていない。……

原題は「Berlin Diary」とそのままですが、副題は「The Journal of a Foreign Correspondent」。一読して、海外特派員を主人公にした第二次大戦後の欧米映画のいくつかはこの本とこの書き手を主人公に借りたにちがいない、と確信してしまったほどの読みごたえでした。語り手の若いジャーナリストのキャラクター——ものの感じ方、肌合い、家族へのおもい、権力のあり方への不信、ナチスへの怒り、ドイツのひとびとが見せる鈍感さとせつなさ、戦時下の生活への共感……。

日記は一九三四年一月の記述からはじまります。当時二十九歳のシャイラーは新妻サラとともにスペインの小さな海辺の村に滞在していました。そのころまだヒトラーとナチスは台頭の初期にあって、シャイラーの眼からみると「ずっと持ちこたえてきた」程度の存在で、最初の餌食となるオーストリアもまだ独立国の形態をたもっていました。

ですが、シャイラーにとっての「幸福な一年」、次の仕事に就く前の妻との「休暇」はおわりに近づいていました。

持金が底をついてしまった。明後日には働きに戻らなくてはならない。これまで私たちはあまりそのことを考えなかった。電報が来ている。仕事口だ。パリの「ヘラルド」から条件の悪い申し出。しかしこれでも、もっとましな仕事につけるまでのあいだ、飢えをしのげる。これで私たちのこれまでで最良の、もっとも幸福で平穏無事な一年が終る。この一年は私たちの「イヤー・オーフ」、休暇の年で、それをこのスペインの小さな漁村で、私たちはまさしく夢に思い描き計画したとおりに、ほかの世界からも、事件からも、人間からも、上役《ボス》や出版業者や編集者や親戚や友人からも、申し分なく隔絶されて過ごしてきた。……(p9)

「戦争への序曲」と題された「第一部」は、この冒頭からシャイラーという若者の来し方や現在の状態、性格――つまり以降に展開される物語の〝語り手〟のすがたをすんなりと読者にわからせてくれます。

- パリ、ロンドンからインドのデリーまでたえず各国の首都をとびまわり、記事を電送してきた日々があり、
- シュペングラーの『西洋の没落』、トロツキーの『ロシア革命史』、トルストイ『戦争と平和』、そして出たばかりのセリーヌ『夜の果ての旅』などを読みふける日々をすごし、
- H・G・ウェルズ、ショー、ヘミングウェイ、ドス・パソス、ドライサーといった作家たちの著書を「大部分もしくは全部」読むような日々をすごす人物。

新妻とスペインの村で休暇、というのはなんとなくヘミングウェイの世界をおもわせますが、

ヘミングウェイはシャイラーの五歳年長であり、すでに『日はまた昇る』や『武器よさらば』を発表している先行者でもあります。シャイラーも意識はしていたでしょうし、あるいは当時のアメリカ青年のかなりが意識する存在だったのだろうと想像できます。
――ちなみにヘミングウェイの『老人と海』が雑誌「ライフ」に一挙掲載された（一九五二年）のを開高健はほぼリアルタイムで読んだと語っています。ヘミングウェイが自死したのは一九六一年、開高が三十歳のとき。シャイラーは開高の死（一九八九年）の四年後まで存命でした。三人の生きた時代はずれながら重なりあっているともいえます。

シャイラーはラジオという初期の音声メディアを中心に活動したジャーナリストで、当時の放送は、実況はもとより原稿の送稿も電信もしくは電話でした。音声で聞いてわかる、イメージを喚起させる文章を書く訓練をうけた者による日記だと、この日本語訳からもうかがうことができます。

たとえば、「ヘラルド」の支局員としてパリに赴任し、そこで出合った暴動の描写。

……午後七時ごろ、再びコンコルド広場に戻ってみると、まぎれもなく騒動が起こっている。馬に乗り鉄兜をかぶった機動隊が広場から群衆を追い出していた。中央のオベリスクのそばでバスが一台燃えている。サーベルで邪魔者を追い払っている機動隊のあいだをくぐり抜けて、チュイルリー公園の側に行った。そこのテラスには数千の群衆がひしめいており、私はその中にもぐりこんだが、彼らがファシストではなく共産主義者たちであることがすぐに分かった。警官隊が彼らを押しもどそうとすると、彼らは石や煉瓦の雨を降らす。コンコルド広場からセーヌ河のむこうの議事堂に通じる橋の上には、びっしりと機動隊員が並んで、気の立った様子でライフル銃をまさぐっているのが見える。……（p11）

シャイラーはユニヴァーサル通信社からベルリンで仕事をしないかとの誘いをうけ、パリへ入って半年もしないうちにベルリンへ、妻とともに、「ヒトラーの第三帝国」へと赴任します。実質的な〝ベルリン日記〟のはじまりです。

訳者の大島があとがきで『ベルリン日記』の〝本としての強み〟について、こうも書いています。

……後の歴史の光に照らして事件を省察し、整理して語り直すのではなく、事件の渦中にあって日々刻々の動きを、その中に生きる人間の息づかいを、直接に見たままに記録したこと、そしてそれを第一級のジャーナリストにふさわしい鋭い嗅覚と冷徹な洞察力とをもっておこなったことにある。（p469）

開高蔵書ではじめてこの本を手にとった者として、この紹介のしかたにふかく同感します。

開高蔵書の『ベルリン日記』の折り込みは一か所（＝p81 左下）。どこで開高健は立ちどまっているのでしょうか。だいいちその折り込みが具体的に指し示している個所はどこか。

その近辺で気になる記述を二か所ひろってみます。「第一部　一九三八年」のこのあたり。

三月十日　ユーゴスラヴィア　リュブリャーナ
この町を見て、全世界は恥入るがいい。町には立像がいっぱいだが、ひとつとして軍人の像はない。詩人と思想家だけがこの栄誉をもって遇されているのだ。炭鉱夫の子供たちの合唱をコロンビア学校放送番組のために放送する。彼らの歌はウェールズの炭鉱夫たちのようにすばらしかった。終ったあと駅でウィーン行の列車を待つあいだ、この土地の神父さんたちと旨いスロヴェニア・ワインをたくさん飲む。スロヴェニアはカトリックの勢力の強い土地だ。ここにいる二日間、世界のニュースから切り離されていた。（p80）

三月十一日―十二日（午前四時）　ウィーン
最悪の事態になった！　シュシュニック（引用者注・当時のオーストリア首相）が辞任し、ナチがそのあとを継いだ。ドイツ国防軍はオーストリアに侵入しようとしている。ヒトラーは一ダースもの厳粛なる約束と誓いと条約を破ったのだ。オーストリアは終りだ。美しい、悲劇的な文明国、オーストリアは滅びた！　午後のわずか一瞬の間に扼殺されてしまった。今日の午後だ。とても眠れないので、これを書く。なにか書かずにはいられない。ナチは私に放送を許さないだろう。ここにいま私は坐って、わが生涯最大の記事を書く。私はいま町にいるただ一人の放送記者だ。たった一人の競争相手であるＮＢＣのマックス・ジョーダンは、まだこっちに着いていない。それなのに私は放送できないのだ。ナチどもが夜どおし私を邪魔だてした。私はさんざん弁じ立て、懇願し、喰ってかかった。一時間前、彼らは私に銃剣を突きつけて、外に放り出してしまった。（p80-81）

前者のなかの「全世界は恥入るがいい。」も気になるフレーズですが、後者の「オーストリアは滅びた！」「わが生涯最大の記事を書く。」という記述もひびいてきます。

＊

開高健のナチスやヒトラーへの関心について、すこしだけふれます。

初期の中編小説《屋根裏の独白》（巻末付録参照）は、二十世紀初頭のウィーンで極貧のなか強烈な野心を燃え上がらせる青年の独白。その「後記」でその青年（若きヒトラー）について開高はこうふりかえっています。

反ユダヤ主義感情や、ドイツ・ロマン主義の淫猥《いんわい》さや、その他、日本人には理解できかねるさまざまな複屈折をもっていた彼の内面のうちのどの一角でもよいからとらえて、そのワン・

カットだけでも書けたらとぼくは思った。はじめから企画の無謀さは自分でもよくわかっているが、それでも書いてみたい気持が捨てられなかったのは、結局、何年かまえにたまたま彼の少年時代から成人して死ぬまでの生涯の写真集を見ていてそこに笑顔らしい笑顔がほとんど一枚もないということを発見したときの小さな記憶が忘れられなかったからである。（〈『屋根裏の独白』後記〉一九五九年）

別の個所では、じぶんの関心をこの主人公にかさねて、こうも書いています。

ヒトラーが美術大学に入っていたら彼はファシストにならなかっただろうか。それでもなったとすれば、なにか変化があっただろうか、という空想につづく歴史はたいへん興味が深い。ひょっとしたらクレオパトラの鼻に匹敵するかもしれないのである。

が、私にとってさらに興味が深いのは、この十九歳の、無学だが鋭敏な、ロマンチックな芸術家志望の夢想家が、それからほんの七年ほどのあいだに完全に変貌《へんぼう》してファシストになってしまったことである。しかもこの期間、外的には彼の生活にはなんのめぼしい事件も起らなかったし、時代も、まずまず平和で、繁栄していたのである。（〈若きヒトラーの夢想〉一九五九年）

この《屋根裏の独白》にはまた、それを書き終えたばかりのこの作家の、創作の余燼《よじん》のくすぶるような文章がのこっていて見のがせません。

二時間ほどまえに青年は私の部屋からでていった。数カ月の同棲《どうせい》であったが、彼は去りぎわになにひとつの挨拶《あいさつ》もせず消えていった。後頭部から彼は私にたいする露骨な嘲笑《ちょうしょう》と濃い孤独の匂《にお》いを発散させながら去った。げっそり疲れてものをいう気にもなれない。はやくつぎの、まったくべつの作品にとりかからなければならないのだが、胃が怒りと憂鬱《ゆううつ》のために濃い酸を分泌したので、重くてやりきれない。茫然《ぼうぜん》とペンを眺めていると、いままで登場人物のためにつくってやったかずかずの建物や道や匂いがひとつずつゆれて、くずれて、時間の砂のなかに埋《う》もれてゆくのが感じられる。いつかもう一度掘りおこす決心をしてはいるが、そのときはどういう変形をうけているか、予想できない。こんな不甲斐《ふがい》ない失敗ははじめてである。(〈弁解にならぬ弁解〉一九五八年)

別のところで《独白》は「前半」にすぎず、いずれその後半を書くとはっきり宣言していますが、結局それは書かれませんでした。

ただ、《独白》を書いて(一九五九年)すぐ開高は、爆発的といってもいい勢いで海外渡航をくりかえすようになります。ポーランドではアウシュヴィッツの収容所跡をたずね(一九六〇年)、イスラエルでおこなわれた元ナチスの将校・アイヒマンの裁判の傍聴にいっています(一九六一年)。

そのとき目にした現実や史実、悲劇の跡を前に、すくなくとも《屋根裏の独白》の書きかたでは書き継ぐことができなくなったのではないかと想像します。

ただ、開高健は黙りこんだわけではありませんでした。

年譜によれば、ベルリンをはじめて訪れたのは「壁」のできた直後、一九六一年秋、アイヒマン裁判傍聴の旅の年の後半部分にあたります。一九六二年に発表された〈森と骨と人達〉という中編は、このあたりの開高の最初期の海外体験をぎゅうぎゅうに詰め込んだ、エッセイと紙一重の〝小説〟です。ここに展開されるナチスドイツについての開高の研究ぶりには圧倒されますが、その資料書籍のひとつに『第三帝国の興亡』があげられています。

〈森と骨と人達〉の一節に、チャップリンの映画「独裁者」をみて落涙する場面が書かれていました。

……私は、チャップリンの妙芸に哄笑した。見ているうちに、さいごの大演説の場面がはじまった。おわって場内に電燈がつくと、私ははずかしさから顔を伏せた。不覚にも涙がでてとまらなかった。よくわからないがこれは一九三〇年代につくられたのであろう。ヒトラーがウィーン合併と称して世界強奪にのりだした前後の頃ではあるまいかと推察された。すでにヘルマン・ラウシュニングがヒトラー政治の本質を見ぬいてドイツからのがれ、『ニヒリズムの革命』を書いていた。いまとなっては、それは、あたりまえすぎるくらいあたりまえの常識となったが、当時は誰も見ぬくものがなかった。ヨーロッパも、アメリカも、ヒトラーの意味をつかまえきれないでいた。その日暮しにふけっていた。孤独なヒトラーは孤独な青年をかきあつめ、〝分析〟精神にくたびれきった、行方知れずの袋小路から一挙に〝生の飛躍〟をおこなえとそそのかした。ヒトラーはそんなことを何一つ信じていなかったかも知れない。信じているふりだけしていたのだったかも知れない。彼にとっては、自分を眺める自分というものは存在しなかった。他人から眺められる自分しか存在しなかった。しかし、チャップリンは、どうした直覚からか、それを見ぬいたらしかった。彼は聡明なだけでいることができなかった。必死になって、一人きりで叫びはじめた。私はその哀切さにうたれたのだった。（一九六二年）

このチャップリンの一節を発表したのち、開高健は実りおおい三十代に突入――、自伝的長編《青い月曜日》を書き始め、ベトナム戦争取材を経験し（一九六四、五年）、代表作《輝ける闇》（一九六八年）、《夏の闇》（一九七二年）を完成していきます。

『ベルリン日記』に折り込みを入れたのは早くても一九七七年。チャップリンの一節から相応の時間がたっています。

では、この蔵書の主の折り込みは何を意味しているのでしょうか。以下は蔵書の折り込みをまえに、先行者のあとをたどろうとした者の妄想です。散歩者の夢想です。

• まっさきにおもいうかぶのはやはり、ナチスによる欧州蹂躙の最初の一歩、「ウィーン合併」のまさにそのときを指しての折り込みだろうということ。

•あるいは、「わが生涯最大の記事を書く。」とした若いジャーナリストの意気込みへの共感？
•あるいは、「まだその後も君（＝シャイラー）の驚愕はつづく。ナチスの暴虐ははじまったばかりだ。なのに君はそれを知らないのか？」――といった、後世の者の屈折した読者心理？
•あるいは、日記をつけたときの自分とそれらをまとめて本にしている自分との時間差――それをシャイラーがどう処理しているか、物書きとして興味があったから？

……………

開高のナチスドイツ資料渉猟からすると、この印象的な「合併」の時期をいろいろな資料で〝定点観測〟する意識があったのかもしれません。

ただ、なぜこの、二段組五百ページを超える本のなかでここ一か所だけなのでしょうか？

じぶんならどんなところで立ちどまるか、付箋をつけるか考えました。たとえば、ナチスのポーランド侵攻に従軍し、その実態をドイツ軍の側からみてきたあと、一九三九年十月八日、それまでのじぶんの時代をふりかえった一節。

　明日ジュネーヴに発つ。正気を取り戻すためと、天候が寒くなってきたので冬の衣類を取ってくるためだ。きっかり二カ月まえにジュネーヴを出たときには（引用者注・妻サラと赤子はジュネーヴにのこった)、冬物は全然持ってこなかった。気がつかなかった、二カ月とは！なんと長かった月日のような気がすることか。平和だった時期の記憶はなんと薄らいでしまったことか。あの時代の世界は終ったのだ。そして私にとっては、そのあまたの過誤や、不公正や、不平等にもかかわらず、全体としてはよき世界だった。私はあの世界で成年に達した。あの世界が私に与えてくれた生活は自由で文化的で奥行きが深く、小さな悲劇、喜び、仕事、余暇、新しい土地、新しい顔に満ちみちていた――そして陳腐さからはほど遠く、一縷の希望もなくなることは決してなかった。(『ベルリン日記』p185)

あるいは一九三九年の十二月十三日のベルリンの人々とじぶんの生活。

街にはクリスマス・ツリーが運び込まれ、人々は奪い合うようにして買ってゆく。ドイツ人というのは、どんなにたくましい人だろうと、がさつな、あるいは不信心な人だろうと、クリスマス・ツリーにたいしては子供じみた熱烈な愛着を抱いている。誰もかも今年のクリスマスを平和だったころのクリスマスと同じようにしようと、けなげに工夫を凝らしている。私は今日ささやかなクリスマスの買物に出かけたが、少しばかりもの悲しい気分になった。ウィンドウにはすてきな品物がいっぱい並んでいるのだが、これは当局の命令で見せるためだけに置いてある品物で買うことはできない。ドイツ人は普通クリスマスには、身につけるものとか、石鹼、香水、キャンディなどを贈り合うが、今年はこういう品々は配給制になっているため、なにかほかのものを探さなくてはならない。混み合う店の中で彼らは今日大抵は本やラジオ、蓄音機、レコード、装身具などを買っていた。私はいつも非常に親切で協力的な放送局《ルントフンク》の四人の女性秘書にレコードを買おうとしたが、古いレコードとの交換でなければ新しいものは売れないという。私にはそんなものはないから駄目だ。政府はクリスマス期間中には配給を少々緩める予定にしている。クリスマスの週には一人当たりバター四分の一ポンドと肉百グラムが余分に貰え、卵は一箇でなく四箇配給になる。（同前　p204）

わたしの古書で手に入れた『ベルリン日記』は付箋だらけです。

最後に開高健自身によるベルリンの描写を——。

小説《夏の闇》では具体的な地名がふせられていて、冒頭のパリも、ドイツの地方都市らしき町も、ベルリンも、主人公と女友達のただよう場所はすべて、たんねんに描写されてはいても地名は書かれていません。あえてそうすることによって小説の寓話性を出したかったのだという意味のことを開高さんはわれわれに語ったことがありました。

その小説の中で、ベルリンらしき都市の特殊性をこんなふうに書いています。

……これまでに私は二度訪れたことがあって、それぞれこの市で何日かをすごしている。市のマークは黒熊だが、昔はここはこの国の壮大、華麗な首都であった。市は戦争で徹底的に破壊されたが不死身の精力で再建され、そのことでよく東京とならんであげられる。しかし、市は〝東地区〟と、〝西地区〟に二分され、境界線にはベトンの長い壁が張りめぐらされ、首都ではなく、国際政治のショーウィンドーとなった。壁の両側で住民たちはそれぞれむこうのことを〝あちら〟と呼んでいる。この国そのものが東と西に二分されたので、西で〝あちら〟と呼ぶのは壁の東側だけでなく、東の国全体をそう呼ぶのである。東につけられた新しい国名を呼ばないで、ただ〝あちら〟と呼ぶのである。この市は東の国土内に孤島として位置しているが、そのうえ壁で二分されている。二分された国のなかでさらに二分されているのである。だから、たまたま西にいて東のほうを向いてこの市の西側のことを話すとなると、〝あちらのこちら〟となる。（《夏の闇》一九七二年）

そして、この一節のような書き手の観察とつぶやきにつよく共感します。

……長い壁とからっぽの電車を後頭部のどこかに感じつつ私は目抜きの大通りの広い歩道を漂っていき、ゼラニウムの赤い花にかこまれたキャフェの白いテラスのよこをすぎ、人びとの夏に倦んだ眼のうえをかすめていく。人びとは栄養で過飽和になり、はちきれそうになり、厚い、濡れたくちびるをかすかにあけて苦しげに息をついている。白い、巨大な、幾筋かの太いくびれのある脂肪のかたまりが陽に照射されてジリジリとけかかっている。刺すようなまなざしをした無気力な若者が陰毛ひげのなかにうずくまって陰鬱に怒っている。市のはずれの大きな、とろりとした湖では白や赤の帆を張ったヨットが浮いている。公園では巨大な鋼鉄の蛸の足が空をよこぎって見えかくれする。空のあちらこちらに鋭くて大きくて高いコンクリートの箱がそびえたち、市はガラスと鋼鉄の燦めきにみたされている。歩道に何メートルおきかに作られた立方体のガラス箱のなかには時計や、香水や、毛皮がおかれ、鉱物質の閉じた輝きが精緻に乱反射している。ここもどうやら私には場違いのようだ。予感がはやくもきざしかけている。

（同前）

こんかい、《夏の闇》の最後がベルリンの東西を環状に走る地下鉄のシーンでおわっていることにあらためて気づきました。

わたしはベルリンの壁の縁で開高健にであい、一九八九年十一月九日の「壁の崩壊」の十日後にもベルリンに取材する機会を得ました。その一か月後に開高健は亡くなりました。そして壁崩壊の三十年後、もう一度だけとおもいベルリンを訪ねました。感傷旅行です。わたしのなかのベルリンは「壁」をめぐってありました。

開高健が書いた「壁」も、わたしが二度、文字どおりさわった「壁」も、実物としては消え失せ、モニュメントや記念施設となっていました。なにかふしぎに納得がいきました。

テレビ塔だけがかわらぬ高みから市をながめおろしていました。

第二章 《オーパ！》のほとり

オーパ！　ブラジルで驚いたときに発する感嘆詞——。

同行者たちの人生を、文字どおり変えた旅の日々——。

単行本《オーパ！》（一九七八年　集英社刊）は開高健が四十六歳のときに敢行した六十五日間の旅の記録です。ブラジルの大河アマゾンをさかのぼり、大自然のなかで巨魚・怪魚を追いかけるこの釣り紀行は、すぐれたネイチャーライティング、文明論・文化論でもあり、いまでもひろく読み継がれています。

そのはなしのまえに、開高さんとジョークの幸福な関係についてふれておきたいとおもいます。

開高蔵書には『ヒトラー・ジョーク』という一冊があります（関楠生編訳　河出書房新社　一九八〇年）。ほかにも『ブラジル・ジョーク集』『ユダヤ・ジョーク集』など各国・各種のジョークをあつめた本がずらりそろっています。いずれも——例外的にという意味ですが——折り込みだらけです。

開高健はジョークが好きで、よく会話にはさんだり、エッセイにつかったりしていて、集めるのも好きでした。開高健にはジョークコレクション《食卓は笑う》（新潮社　一九八二年）、ジョーク対談集《水の上を歩く？》（TBSブリタニカ　一九八九年）などの著作もあります。

前者の〈アペリチフ〉と題されたまえがきにこうあります。


この間、私は南北両アメリカ縦断旅行をやりましたが、とくに南米人はラテン気質で、小話が好きです。ブラジル語では〝ピャーダ〟、スペイン語では〝チステ〟といい、チステの心得がないと、ほとんど食事の席につくことができないと言ってもいいぐらいのありさまでした。入れ替わり立ち替わり何人もが小話をぶっつけてくる。こちらは応戦防戦に大わらわ。ところが、私は息子ぐらいの年の違う若者を五人連れていたんですが、だれも小話をやりません。ムーッとしたまま飯を食っています。これは非常にエチケットに反することです。人に招かれたときのエチケットぐらいはわきまえておきたいものですナ。（《食卓は笑う》一九八二年）

この「息子ぐらいの若者」にもとめているエチケットはわれわれ《オーパ！》隊の言われつづけたことでもあります。とにかく食卓でできる英語の小話のふたつや三つ持たなくてはいかん。そう小説家は言い、それは自身の経験からくる旅人《たびにん》としての必修科目なのですが、わたしにはできませんでした。英語でジョーク？　むずかしすぎる。で、わたしは身ぶり手ぶりで伝わるジョークをおそわり、男ばかりの食事の席でつかったりしました。ブラジルで聞かされたものを開高さんがアレンジして再話したものだとおもいます。


カウボーイが馬で通りかかると女郎屋の二階から女が声をかける。

カウボーイは二階へあがり、一晩を過ごす。

あくる朝、馬にまたがったカウボーイにむかって、女が小指をたててバイバイしてみせた。

「ピッケーノ（ちいさい）！」

するとカウボーイは女を指さしてから両手でじぶんの口を左右に目いっぱいひろげてみせた。

「グラーンジ（おまえのはでかい）！」


ベタなはなしで、ポルトガル語がただしいかどうか今はもうわかりませんが、ほとんどアクションで笑いが取れるのでたすかりました。ほかにじぶんに語れたジョークはありません。

『ヒトラー・ジョーク』には折り込みが十五か所あります（下十四か所、上一か所）。折り込んだそのページにその指し示す個所（ジョーク）があるらしいことはすぐわかります。開高さんのコレクションといっていいでしょう。

それらしいヒトラー・ジョークを三つ引いてみます。ジョークというのは再話であって、話し手が語る相手や場にあわせてアレンジする呼吸みたいなものがあります。開高さんがジョークを飛ばす場面をなんどもわきでみていましたが、みごとなもんです。

ナポレオンの赤い服

「ナポレオンがなぜ赤い服を着ていたか知ってるかい」

「――?」

「弾があたったとき、血の流れるのを見て部下がショックをうけないようにするためさ」

「ははあ、それでわかった。ヒトラーがなぜ褐色のズボンをはいているのかが」(p176)

コミュニズムとナチズム

コミュニズムとナチズムの違いは?

コミュニズムでは、牝牛を持っていると取り上げられる。

ナチズムでは、牝牛は餌をやるために飼うことを許されるが、牛乳は全部取り上げられる。
(p76)

ダンスの相手

国防軍の将軍がパリでダンスホールに行った。若い女性に踊ってくれと言ったが、ことわられて腹を立てた。

「私がドイツ人だっていうのでダンスの相手をしたくないのですか、マドモアゼル?」

「いいえ、ムッシュウ、私がフランス人だからですわ」(p141)

最後のを開高さんが話すとどうなるか。真似してみると、

ナチスの国防軍がパリにまで侵攻したときのはなしや。国防軍のふとった将軍がダンスホールへいって若い女性にダンスを申し込んだ。「マドモアゼル、どうか私と踊ってください」

するとと女の返事は「ノン!」。

将軍はむっとしてこういった。

「私がドイツ人だっていうのでダンスの相手をしたくないのですか、マドモアゼル?」

そしたら、マドモアゼルはこう言い放った、ちゅうねん。

「いいえ、ムッシュウ、私がフランス人だからですわ」

——どや、なかなか凜とした、映画のシーンみたいな小話やろ?

＊

《オーパ!》(アマゾン篇)は男性月刊誌「PLAYBOY日本版」に八回にわたって連載されました。第一章〈神の小さな土地〉は、アマゾンをさかのぼる貨客船の船内の描写からはじまっています。河口の街・ベレンから定期船「ロボ・ダルマダ」号が出航する場面です。

8月18日、夜10時。

わめき声、笑い声、叫び声のひしめくさなかで古風な銅鑼がガランガランと鳴り、「螢の光」をマイクから流しつつ、われらが白塗り三〇〇〇トンの「ロボ・ダルマダ」号はベレン市の第14号埠頭をギシギシと身ぶるいして静かにはなれ、沖へむかった。「ロボ・ダルマダ」とは「無敵艦隊のオオカミ」ということだそうで、怪物じみた大江《たいこう》に挑むにふさわしい名前である。……（《オーパ！》一九七八年）

読みはじめるといいまでも、音と色と人声のみちあふれた原色の夢のなかにはいっていくようなきもちになります。

そして、視線は船の外へ、大自然へ。


このあたりは赤道直下そのものではないけれどほとんど直下といってよい地帯で、六時に夜が明けて、六時に陽が沈む。夜明けの雲は沈痛な壮烈をみたして輝き、夕焼けの雲は燦爛《さんらん》たる壮烈さで炎上する。そそりたつ積乱雲が陽の激情に浸されると宮殿が燃えあがるのを見るようである。（同前）

男性誌の読者を意識してか、もちまえのちゃめっ気やきわどいユーモアをまじえ、こうした

「壮烈」な名文もはさみながら悠々とアマゾンの船旅を書いていきます。船中の描写からいったんはなれて、準備段階のうちあわせ、東京や茅ヶ崎での描写にもどったり、また大河の上にもどったり。

このアマゾンの旅については、じぶんのなかの開高健の記憶とともに一冊分書いて『開高健とオーパ！を歩く』という本にまとめました（河出書房新社刊　二〇一二年　以下『〜歩く』と表記）。そのなかでもふれたのですが、《オーパ！》の各章のタイトルを古今の名作から借りていることは、こんかい図書係として見のがせないところです。

アマゾン篇全体のはなしの「眺め」がわかるように、本の目次まわりをそっくり写してみます。（　）内はそれぞれの出典となる名作の著者名で、今回補足したものです。

第一章　神の小さな土地（E・コールドウェル）

たとえば白い砂浜、うち寄せる波、涯のない水の彼方に落ちる夕陽——まさしくそれは海であった。アマゾンの大河を前にすると、人はただ〝オーパ！〟と叫ぶしかない。

第二章　死はわが職業（R・メルル）

肉食ドジョウ、剣歯虎《サーベル・タイガー》のような牙を持つ魚、そしておそるべき早業の仕事師ピラーニャ。アマゾンの褐色の水には、無数のテロリストの刃がかくされている！　だが釣竿が操った水面下の世界で、彼らは時に、愛すべき顔を見せてくれた。

第三章　八月の光（W・フォークナー）

アマゾンの河面に炸裂する美しい花火――名魚トクナレの勇敢な抵抗が沈黙を破った。飛沫が上り、リールがきしみ、釣師の心をゆさぶる。

第四章　心は淋しき狩人（C・マッカラーズ）

ついにアマゾンの怪物が姿を現わした。ピラルクー。最大体長五メートル、体重二〇〇キログラムに達する。淡水魚では世界最大の巨魚。大河の上にさまようこと、実に三十日めの出会いだった。

第五章　河を渡って木立の中へ（E・ヘミングウェイ）

ジャングルを貫いて一直線にのびる赤い道。猛暑と激しい土ぼこりの中を走ること三晩四日、一七七四キロメートル――。その先に、日本をひとのみにするほどの大湿原《パンタナル》が広がる。

第六章　水と原生林のはざまで（A・シュヴァイツァー）

南米第二の河ラ・プラタの褐色の水が、金色に輝く名魚をはぐくんだ。ドラド。サケに似た、華麗なファイターである。野生の鳥獣虫魚の息づくなかで、ある日、この〝黄金《ドラド》〟を釣った。

第七章　タイム・マシン（H・G・ウェルズ）

〝緑の魔境〟アマゾン、大湿原パンタナル。大自然の奥深くさまよっていたはずの私たちは、ある日、不思議な大都会の中で目がさめた。不毛の高原に突如出現した超近代都市ブラジリア。

第八章　愉しみと日々（M・プルースト）

旅は終った。大アマゾンも、釣りも、パンタナルも、ブラジリアもいまはうしろに去った。だが、それらの強烈な日々の輪郭が味覚のなかによみがえる。カニ、ピラルクー、ピメンタ、

ファリーニャ、水が……。（同前）

開高健は文章のプロ、プロ中のプロだとおもいますが、雑誌編集のうえでも抜群のセンスがありました。

そして、「タイトルというのは、かならずしも内容を説明せんでよろしい。それに寄り添って書ければなおよろしい」というのが開高流のタイトル観。これはエッセイにかぎらず小説作品のタイトルにも共通する考え方ではなかったかとおもいます。

さらに、《オーパ！》という作品のタイトル自体、開高さんが現地で耳にしたブラジル人の感嘆詞からおもいついたもので、そのときの議論のようすなど、前著『〜歩く』にもくわしくエピソードとして書きました。

ただ、いまでこそ「オーパ！」は〝驚き！〟の表現だと理解されるかもしれませんが、連載当時には日本人にとってなじみのある単語ではなかった。編集部内でも「雑誌の連載のタイトルとしてわかりにくいから、なんとかせよ」という声はありました。

ここでも開高さんのアイデアに救われました。サブタイトルではなく、「何事であれ、ブラジル人は驚いたり、感嘆したりするとき、『オーパ！』という」というフレーズを毎号タイトルのわきにつければいいやろ——。

さらに、連載の開始にあたり、ぜひ筆者によるまえがき——わたしは「まえがき」という要望のしかたをしたとおもいます——がほしいという編集部にこたえ、つぎのような文章を寄せてくれました。

アマゾン河の漁師の小屋にある物で鉄製品といえば釣鉤と銛と山刀ぐらいである。紙もないからタバコはトウモロコシの葉で巻く。

そして首都のブラジリアはガラスと鋼鉄とコンクリートの超現代都市で、中心にＦ１のレーシング・サーキットがある。

ブラジルを旅するとは鉄器時代から21世紀までのあらゆる時代を旅することである。飛行機や自動車はタイムマシンである。

大河と大湿原では驚かされる。毎日何か新しく驚かされた。驚くことを忘れたこの時代に驚くことの切実さを知らされた。心は淋しき狩人である。驚くことを求めてさまよい歩く。驚くことを忘れた心は窓のない部屋に似ていはしまいか。

何かの事情で野外へでられない人。海外へいけない人。日頃書斎にすわりこんでいる私にそっくりの人たちのために私は書く。（《直筆原稿版　オーパ！》）

ところが、この開高健によるまえがきは副編集長のひと声でボツになりました。雑誌のリード（導入文、アオリ、キャッチコピー）には合わない、というのです。

この副編は実質的に雑誌全般の編集実務をみる立場にあって、「ＰＬＡＹＢＯＹ」の部数を創刊四十五万部から九十五万部にまでに伸ばした敏腕編集者でした。どうもこの「まえがき」のなかにながれている時間というかスピード感が雑誌にはあわないということらしかった。わたしはあたまをかかえました。たしかに、いまかんがえればこの「まえがき」の調子は単行本にこそ似合うものだったのかもしれません。

結局おそれながらリードふうの文章を書き足し、「私は書く。」という部分をぼかし、「窓のない部屋に似てい」るという部分はそのまま〝いただいて〟リードらしきものをでっちあげました。が、ここで再録する勇気はありません。ただ、この措置について開高さんは連載時にはなにもいうことなく、単行本化のさいに以下のような伝説的な惹句をよせてくれました。

何かの事情があって野外に出られない人、
海外へいけない人、
鳥獣虫魚の話の好きな人、
人間や議論に絶望した人、
雨の日の釣師……
すべて
書斎にいるときの私に
似た人たちのために。（《オーパ！》）

あのときの「ボツ」の判断は正しかった、とおもいたいものです。（幻のまえがきは《直筆原

稿版　オーパ！》二〇一〇年刊で確認できます。）

このリード書き換えをどう開高さんに言いわけしたかまったく記憶にありませんが、以降も開高さんが文句がましいことを言ったのを聞きませんでした。雑誌サイドがリードをつけることは、アマゾン篇だけでなく以降《オーパ、オーパ‼》シリーズの連載すべてにわたってつづきました。

先の目次引用で各章のわきに添えてあるフレーズは、その雑誌連載時に編集部でつけたリードから単行本担当の編集者がひろってくれたものです。雑誌時のリードを再録するかどうかは議論のあるところでしょうが、《オーパ！》というタイトルのわかりづらそうな印象を薄める意図があったかもしれません。必要ないものかもしれない。（現に文庫版ではルビみたいなちいさい文字になっています。）

ただ、《オーパ！》はアマゾンの大自然のなかの旅でしたが、その間わたしにとって最大の驚きとは、じつは開高健という存在そのものでした。このリードのひとつひとつには、開高さんから原稿をうけとるたびに感じた担当編集の感嘆とリスペクト、毎月うなりながらつくった駆け出しのころの記憶がかさなっているのです。

もうひとつ、いまそうした目で読みなおしておもうのは、このアマゾン篇には章タイトルのほかにも読書、あるいは書物への言及、引用がけっこう多いということです。

たとえば冒頭にちかいところにこんな一節が。

……私は小さな読書燈をつけ、『シャーロック・ホームズの帰還』をとりだす。この短篇集を四冊持ってきたが、読みかえすのはじつに三十年ぶりのことである。これからサンタレンまで三晩四日の航海だが、たっぷりと少年時代の回想に浸るつもりである。……（同前）

――開高健、アマゾンで「シャーロック・ホームズ」を読む！

旅にそのつど持っていく本について書くのは、じつは《ベトナム戦記》《フィッシュ・オン》といった画期をなす紀行よりまえからはじまっていて、開高健ノンフィクションでは読みのがせないたのしみだとわたしはおもっています。

単行本《オーパ！》のはじめのほうに、ハンモックのなかで文庫本のシャーロック・ホームズを読んでいる開高さんの写真があります（本書カバー参照）。この文庫本はもちろんカバーもなにもないはだか状態で、しかも片手で乱暴に折り曲げられています。読まれた本がヨレヨレになるのは、開高健の読書への没入のはげしさゆえ。

ただ、シャーロック・ホームズの文庫本は「開高蔵書」にはみつかりません。ブラジルをはなれるとき、日本語の活字にうえている日系の人たちのために置いてきてしまったのだと推察してもおかしくはないのです。

＊

茅ヶ崎の開高健の仕事場は一九七四年につくられたため、蔵書もそれ以降、主人がなくなるまでにあつめられたものがおおい。巻末の「ある『開高健』年譜」をごらんいただくとわかりやすいかもしれませんが、アマゾンへの旅は一九七七年、南北両アメリカ大陸縦断が七九〜八〇年。その関連でアマゾンや南米の関連の書籍もおおいのだとおもわれます。

アマゾン関連でまず手にとったのは神田錬蔵《とうぞう》『アマゾン河　—密林文化のなかの七年間—』（中公新書）。おなじ本はわたしの本棚にもありました。

これは中公新書がビニールカバーをつけていた時代のもので、さすがにそれまで捨てるわけにはいかなかったのでしょう、宣伝オビもついたままでした。それらによると、

【メインコピー】

「緑の地獄」とよばれた大流域の、
自然と風土病と人間の記録

【サブコピー】

増水期には日本列島がすっぽり入ってしまう広大なアマゾン河とその流域には、想像を絶する風土と習慣がある。患者が治療代に牛を払うと医者はつり銭にニワトリをかえすような土地、皮膚を食い破って潜入してくる肉食ドジョウの群れや馬を一呑みにする大水蛇。永住を決意して現地に開業した一医師が、原住民とともに自活しつつ奥地の巡回診療にしたがった

体験と見聞によってくりひろげる、興味津々たる密林の生活記録。

大水蛇とは現地でスクリーとよばれるアナコンダ。われわれが捜しまわってついに出合えなかった肉食ドジョウ、現地語でカンジェロ。つり銭にニワトリ……。このオビをつくった編集者のおどろいたポイントは、現地に出むくまえのわれわれの感覚そのままです。

一九六三年初版の新書で、開高蔵書にあるのは一九七六年三〇刷、開高さんがアマゾンにわたるまえに手にしたと推察されるヒントが本にのこされています。

著者・神田錬蔵については、こう説明があります。

一九二四年生まれ、名古屋大学医学部を卒業して三年目、医師になりたてのころの恩師に「面白い病気を追求できる熱帯僻地に行け」との言葉とともにシュヴァイツァーの著書『水と原始林との中で』を手渡され熱帯病研究をこころざす。

一九五四年、他の移民家族といっしょに神戸から移民船でブラジルにむかう。

以降七年間にわたってマナウス、パリンチンスなどを拠点に開業医・邦人入植者の衛生管理巡回などに従事した。一九六〇年帰国、東京大学医科学研究所所員を経て、新書執筆当時は聖マリアンヌ医科大学教授、専攻は寄生虫学。

神田によるアマゾン流域の総括がまえがきに書かれています。

この広大な流域の気候、土壌、生物のおりなす自然環境の特異な系のうえに、インディオと土人《カボクロ》と西洋移民の、風俗、習慣、因襲などが入り混って、時間の流れとともに徐々に開け、ゆっくり発展して、僻地密林文化を形成している。有史以前的なもの、中世的なもの、近代的なるものが、あい矛盾しながら奇異とも思われず共存している。これがアマゾンの風土、風俗である。(『アマゾン河』まえがき)

開高健とその一行が見たブラジル・アマゾンより二十年ほど前のすがたですが、この記述を開高さんはまちがいなくブラジル渡航前の準備段階で読んでいる。

なぜか。この本の折り込みの位置が、そうおもわせるのです。

そのまえに、この本の書きぶり、魅力のあらわれた個所をいくつか見てみます。

まずはアマゾン河口の街・ベレンに上陸してはじめて見た光景。

……明るいのはそこだけで、街路は真っ暗なので、その音のするほうへ歩いて行った。両手や背に荷物を背負って敗残兵か避難民のような恰好でとぼとぼと歩いて行って、どんちゃんさわぎをやっているホールのようなところへ出た。

若い女や男が縁の抜けるほども飛びまわりはねまわっておどっている。見ているとまったく気違いじみたあばれかたである。まわりは真っ暗で、そこだけダンスホールの光がこうこうと光り、騒音がまわりの密林のほうへ響いてこだましている。きょうはカーニバルなのでおそらく明けがたまで帰らないから皆でおどろうとO氏がすすめる。が、長い旅で疲れきったのでそれよりも眠らせてほしいがと言うと、ベレンの市内へ行く自動車はこの先のところにある、そこまで行こうということで、バスのところまで行って、中に荷物を入れて腰かけた。はじめての異国で、こういうジャズやダンスの国になじんでゆけるかと将来が不安になり、孤独感におそわれた。（同前）

われわれがベレンへ着いたときは船ではなく空路でしたが、やはり夜で、町なかといっても周囲の闇は深く、ひとびとが集まっている場所のみがあかるく、遠く、異世界のようにみえたのをおもいだします。

アマゾン河をさかのぼる船中での描写。

さて、ベレンに三日ほど滞在したのち、いよいよアマゾンをさかのぼることになった。船賃は非常に安い。ベレンからパリンチンスまで千五百キロもあるが、一等船賃四百クルゼイロス（二千円）というのにはおどろかされた。

夜八時に動きだした。寝るところは、船室がいっぱいだから、廊下やホールの鉄の棒にレジ（ハンモック）を吊って寝るのだという。レジを吊ることも知らないでもじもじやっていると、となりのブラジル人が吊ってくれた。手に力をいれてレジにつかまって、ぶら下がるようにして乗ったら、レジがくるっとまわってすとんと床の上にたたき落とされて腰骨をいやというほど打った。まわりのブラジル人たちは面白そうに笑った。（同前）

《オーパ！》単行本で先のハンモックで文庫本を読んでいる写真に開高さんのつけたキャプションは、「ママイ（お母さん）は子供をあやし、私はシャーロック・ホームズを読む。」となっています。ロボ・ダルマダの船内で、二等甲板では各自がハンモックを吊って三晩四日の船旅をします。まわりに写っているたくさんの色とりどりのハンモック。

この写真の開高健はまだハンモックのしろうとです。なぜならハンモックにまっすぐ寝ているから。ハンモックは幅のある布の両端をロープでくくっただけのようにみえますが、乗り方同様、寝方にもコツがあるというのが現地の人の説明でした。

ハンモックにまっすぐ寝ると、写真の開高さんのように尻が落ちて足があがる〝くの字〟になります。ところが慣れたひとは、布の幅を利用してすこしななめになって寝るのです。やってみるとわかりますが、そうして寝ると、〝くの字〟の折れ方がちいさく葉巻みたいになって水平にちかくなるのです。開高さんはまだこの写真のころはそうしたコツをきいていなかったのでしょう。

現地の人の説明によると、ハンモックというのはアマゾン流域、船内だけでなく、ベッドのない生活では必需品でした。

ハンモックのうえで〝いたす〟ときの心得、というはなしになったことがありました。ハンモックをならべて吊るダブル、というのがあり、すこし段差をつけて吊るとまた妙味があるというのです。これには開高さんふくめて一同目をまるくしました。ハンモックの不安定さは身に染みて知りつつありましたから、ダブルというのはまあ想像できなくもなかったですが、間におっこちる危険は想像できました。

しかし、二段ハンモックとは？　開高さんも面白がっていましたが、本には書きませんでした。

さらに余談ですが、《オーパ！》の第四章〈心は淋しき狩人〉のなかにわれわれ同行者（菊谷、醍醐、高橋、菊池）の関係性やキャラクターをあらわす会話が書き込まれています。ピラルクーをもとめてアマゾン中流域の町・サンタレンから船で何回か出撃したときのこと。《オーパ！》本文にもあるように釣行は不調つづきで、ピラルクーのアタリすらない、釣りにならない日々がつづきます。ところが、開高健は釣れない日々も面白く書いてみせるのです。

このラーゴ・グランジではさんざんだった。一夜走りづめに走って夜明けに本流から湖にはいったことは入ったのだが、しばらくしてバッテリーがアガッてしまってエンジンがうごかなくなり、牛も人もジャングルもない、しけた岬めいたものに漂着して午前いっぱいを空費、ただピラーニャの探求とうたた寝にふけった。そのうち通りかかった小舟にライムンドが乗ってクルアイ村へいくといって消え、午後になってもどってくると、もうしばらくしたら舟がくるという。またピラーニャ学とうたた寝にふけるうちにその舟がやっとのことで出現し、わがモンテ・カルメロ号を曳航してくれた。……（《オーパ！》）

クルアイ村につくと十八歳のライムンドは村の女性たちと親密になりたいとめかし込んで出かけ、みごとに空振り。その後の彼の「言動ことごとく緩慢になる」。

ライムンドの怒りが天に沖《ちゅう》したのか、どうか。その夜ふけ、物凄い嵐に見舞われる。アマゾンの激情の一端をちょっぴり味わう。ここの嵐には予兆というものがなくて、いきなり殺到してくる。前後がなくて絶頂だけなのだ。稲妻、雷鳴、豪雨、強風、この四大がことごとく空と水の精力を結集していちどきに襲いかかるのである。……（同前）

アマゾンの原義は神話の〝女戦士〟から来ているとことわってから、開高さんはわれわれ一行のなかでのこんな会話を書き記しています。それぞれの発言者が、わかるひとにはわかるように書いてあるのですが、いまあえて名前をおぎなってみると、

「乾期だというのに」（菊谷さん）

「いい夢見てたんだけどなァ」（高橋カメラ）
「大トルストイ翁も家出したからね」（開高さん）
「へぇ、何で?」（たぶん醍醐さんか菊谷さん）
「女房のヒステリーにたまりかねてヨ」（開高さんか菊谷さん）
「そんなにこわいもんですか?」（まちがいなく、しらばっくれたわたし）
「ハッピーだね、君は」（妻子持ちの開高さん）
「長生きしてくれよな」（妻子持ちの菊谷さん）
「へえ。一つ教わったチ」（口調からいって高橋カメラ）
「ふざけやがって」（開高さんと菊谷さん）（同前）

菊谷匡祐さんは開高健の古い友人でジャーナリスト、醍醐麻沙夫さんは《オーパ！》の仕掛け人のサンパウロ在住作家、高橋曻さんはわたしと同い年の独身カメラマン。

この会話自体は作家の創作ですが、もとになる状況とやりとりはありました。たしかにそう書かれると伝わってくるものが格段に増したりします。

開高さんの人間味はひろくつきあった人に愛され、国籍をこえてその人柄をしたう関係者はいまでもおおい。その理由のひとつに、開高健は相手の名前をよくおぼえたこと、呼びかけにもよくつかっていたこと、またニックネームをつける名人だったことなどがあるようにおもいます。

記憶力が抜群だったのはたしかですが、おさないときからの人生経験や苦労も影響していたのかなと感じます。

ニックネームもそのひとの特徴やくせ、口ぶりなんかをしっかりとらえていて絶妙。わたし自身は「キクチくん」「ハルオちゃん」がふつうでしたが、「ガッデム」とも呼ばれました。高橋カメラはふつう「タカハシくん」でしたが、「シーボンズ（海坊主）」が別名。ほかにも「マエストロ」と呼ばれたカメラマン、「巨匠」と呼ばれた監督、「殿下」と呼ばれたおっとり型のディレクター、「ファッキン」と呼ばれた担当編集者……。

アラスカ篇から参加した料理人の谷口博之さんは当時二十八歳、調理師学校の日本料理科の先生でしたが、年若いかれを開高さんは紹介されたその日から「教授！」と呼んでかわいがりました。料理はすご腕でしたが、風貌はタンク型のぼっちゃん系。なのに開高さんがそう呼び始めるとすぐになじみ、この若い「教授！」はあっというまにわれわれのあいだで定着しました。

ちなみに「ガッデム」も「ファッキン」も米語の「クソ野郎」的なスラングですが、そう呼ぶ前にこんな講釈がつく。

「ベトナムで会った米兵たちは頰の赤い若者がおおくて、二言目にはファックだのシットだのガッデムだのと言いよる。悪気があるわけではないらしい。かれらと仲ようなるには必修の単語なんや。壮烈なのをおそわったことがある。You! Fucking, Goddamn, Stupid, Fool! ……ありったけやで」

ベトナムでの体験なんかをはさんで話されると、またあの笑顔でいわれると、ガッデムと呼ばれること自体がうれしくなってくる。なぜか開高健に存在を認めてもらえたようで――。一種の魔法です。

もうひとつ、開高健の語りの魅力。『～歩く』ではそれを「書くようにしゃべる」というふうに書きましたが、もうすこし具体的にいうと、こうです。以下は開高健の〈旅は男の船であり、港である〉というエッセイからの一節。これがほとんどそのまま関西風のイントネーションで語られるのを想像して読んでください。これは語り下ろしのエッセイです。

それから、まだある。あるところで大岡昇平が俘虜記《ふりょき》ものを書いていて、捕虜収容所での感想の一つとして、現代文学のはなはだしい衰弱の一つの原因は、自然と人事のコレスポンダンスを欠いているところにある。自然との照応のうちに人事を眺める、人事を自然の中に置いて眺めるという精神を忘れたがために、はなはだしき衰弱に落ちこんだのではないか、そう言っている。この説に私はまったく賛成で、日本の山川草木のようにくたびれ果てたものでも、やっぱり自然は自然なんだが、外国へ出たら、くたびれてない強い逞《たくま》しい自然の中に入ってみたいという気があるんだよね。それで、釣りをやる。ギリシャ神話のある英雄は、戦って全身、傷だらけになってばたッと倒れる。が、大地に手をついた瞬間、いっさいの力をとり返してまた立ちあがるでしょう。私自身が英雄であるかどうかは別にして、私にも手をつくその大地が要るんだ。大地、つまり自然がね。その自然に触れる手段が、釣りということでもあるわけな

んだ。（〈旅は男の船であり、港である〉一九七九年）
ある作家が開高健の語りのことを「音《おん》は関西弁で、文法が標準語」と書いていましたがうまい表現だとおもいます。

＊

さて、神田錬蔵『アマゾン河』のなかの開高健の折り込みは「p125左下」にあります。この個所は、アマゾンの風土病をこまかに紹介しているところで、さすがに熱帯病専攻の医師らしく、詳細かつ具体的で読んでいるだけでむずがゆくなってくる。折り込みの付近の記述からさがすと、こんな一節が——。

砂バエは双翅目に属し、ブラジルでは三十種以上が知られている。体じゅうに粗毛がはえ、セムシのように背中のところで曲がっている黒い虫である。動物の血を吸って、しめっぽい樹木の根もとや腐った木の葉に卵を産みつける。幼虫はシャクトリ虫のような蛆《うじ》である。
こんな小さな虫には、人はあまり注意しない。原始林で人目をひくのは、毒蛇や豹や水豚などの大きな動物である。しかし、この砂バエがじつは怖ろしいレイシュマニア病原体を伝播する。カラアザールもこのレイシュマニア病のひとつだが、エスプンジア——俗に森林梅毒と邦人が言っている——とか東方腫瘍などもこれである。（『アマゾン河』p124）

この「森林梅毒」というのが、この旅の仕掛け人であり案内人である作家の醍醐麻沙夫さんに事前にたっぷりアマゾンの脅威について聞かされたなかでも、もっともいやなひびきのひとつでした。あのアマゾンの旅の途上では、ムクインという壮烈にかゆいダニにはやられましたが、さいわいなことに砂バエや砂ノミ、森林梅毒には出合いませんでした。

この個所はしたがって、旅の前に読んで、事前の注意事項としてチェックしたのだろうとおもわれます。

根拠はもうひとつ。この新書には、めずらしく赤インクによる傍線があるのです。それは、「女性が悩む象皮病」についての項で、おなじく男がかかる、陰嚢がはれる陰嚢水腫の話の上にもページのうえに注意喚起の波線がある。これらの症例もわれわれの旅では目にすることがありませんでしたので、旅の後でのチェックというのは考えにくい。

じつはこの『アマゾン河』は《オーパ!》の本文に書名、著者名付きで引用されています。ピラニアとともに現地でおそれられていた肉食ドジョウについて、第二章〈死はわが職業〉の冒頭です。

前のほうに坐ってこいでいたカヤと呼ぶ青年が急に手をとめ、猟銃をもつやいなやドンと一発やったら、さるが落下した。少し離れた水中に落ちたので、灌木をかきわけ枝をたたきおとし、倒木を伝い飛び越えて拾いあげたら、もうカンジェロ（食肉どじょう）が目玉のなかに入り込んで、両眼から一匹ずつカンジェロのシッポがぶらさがっていた。

カヤが面白そうに差しあげて見せたとたん、足をすべらせて水中にころがり込んだ。彼は「アイアイ」といってすばやくおき上ってもどってきたが、ズボンをまくり上げると、ふくらはぎのところにカンジェロが食いついて丸い穴をあけていた。出血がひどいのでその場でさっそく麻酔もせずに血管を結紮《けっさつ》して皮膚を縫合した。（《オーパ！》）

われわれがさんざん探し回ってついに出合えなかったアマゾンの脅威、カンジェロについては開高さんの本文にもその苦戦のようすが書かれています。

＊

アマゾンがらみでもう一冊、折り込みの気になる本をあげておきます。

開高蔵書にある『緑の館　―熱帯林のロマンス―』は岩波文庫版、一九七五年第三刷。折り込みは p199 左下。巻末にくわしい「ハドソン年譜」（津田正夫編）がついています。

著者について、訳者のあとがきなどによれば、

W・H・ハドソン（一八四一年―一九二二年）は一八四一年南米アルゼンチンのブエノスアイレス南郊のパンパズに、北米よりの移住民を両親として生れる。その血管にはケルトの血が

流れている。各地への旅行や兵役などの場合を別として彼は大体この平野に育ち、三十三歳でイギリスに渡り、つぶさに生活苦をなめる。この困苦の中にエミリ・ウィングレーブをめとり、文筆家業などでようやく糊口を凌ぎ、五十九歳でイギリスに帰化する。その後おくればせながら彼を訪れた作家としての成功のよろこびに包まれながら、妻におくれること一年余、一九二二年八十一歳でこの世を去っている。

ハドソンには『ラ・プラタの博物学者』(一八九二年、五十一歳のとき発表)という日本でも広く読まれた作品があります。生まれ故郷アルゼンチンの草原に生きる生物たちの生態をえがいたネイチャーライティングの古典的作品ですが、小説『緑の館』の舞台はブラジル・アマゾンのさらに北、ヴェネズエラをとおって大西洋にそそぐ大河、オリノコ河上流部の架空の場所・リオラマです。

年譜によると『緑の館』は一九〇四年ハドソン六十三歳のときに出版され好評を博したもじどおりの「ロマンス」で、一九五九年にハリウッドで映画化されています。主演はオードリー・ヘプバーン、アンソニー・パーキンス。

開高健の折り込みの個所をしらべてみると、こんなあたりに目がとまります。語り手の「僕」がヘプバーン扮する謎の美女・リマにむかっていうせりふです。

「でもねえ、リマ、僕は偶然インディアンの老人たちからきいて知っているんだが、あそこはほかのどこよりも近寄りがたいところなんだ。そこには河が一すじ流れている。そいつは地図にはのっていないが、あの大河たるオリノコやアマゾンなどよりも実際には渡りにくいものらしい。この河の沿岸にはマラリアの発生する広漠たる湿地帯があって、深い密林が一面に生い茂り、猛悪有毒な動物どもがうじゃうじゃといてのさばっているので、インディアンたちでさえめったに近づこうとはしないんだ。それにその河にゆきつく前に険しい山脈があるんだ――ちょうど君の投げた小石の落ちたところに――それも河と同じ名前のリオラマというんだそうだ。」

このリオラマという名前が僕の唇からでた途端に、彼女の顔色には稲妻のようにすばやい変化が起った。……（『緑の館』p198-199）

「リオラマ」という土地名が、謎の言語をはなす美少女リマの出自を示すらしいことが判明する、まさにその一節。この個所がほぼまちがいなく開高さんをたちどまらせ、折り込みをつけさせたところと推測できます。

開高健は《オーパ！》第六章の章タイトルとして原稿段階では〈緑の館〉をつかっていたのですが、雑誌の入稿直前に〈水と原生林のはざまで〉に差しかえています。書きおえたあとで小説の舞台がアマゾン水系でないことに気づいたか、誰かから指摘されたためではないかと推測します。

あるいは、ハドソンの主著が『ラ・プラタの博物学者』なのでラ・プラタ水系の話だと思い込んでいたのかもしれません。第六章は主題がラ・プラタ河上流部のパンタナル大湿原でのドラド釣りだったのでした。

開高さんは一九八一年に発表された北米南米縦断紀行の《もっと広く！》で章タイトルに〈緑の館〉をつかっています。この紀行の章タイトルはすべて欧米の名画（映画）からとられているのですが、その章はコロンビアのオリノコ河上流らしいジャングルでのピーコックバス釣り。

こんかい岩波文庫版『緑の館』を読んでみて、オリノコ河をさかのぼっていくこの物語が著者の友人のかたる思い出話のかたちをとっていること、長い日にちにわたるものではなく、物語の中の時間のながれが前半はわずか数週間のことなのに気づきました。この小説は高校時代に恋愛小説の一冊として読んだことがあり、映画も名画座かテレビで見たはずなのですが、そうしたことはすべてわすれていました。悲恋というより、なにか甘やかな印象しか残っていませんでした。（むかし読んだ新潮文庫版がのこっていましたが、これは大幅に書きかえられたジュヴナイル版だったようです。）

これは河をさかのぼり、ジャングルの中や洞窟をうしなった幻をもとめてさまよう旅の物語、辺境のさすらいの物語だったのでした。

語り手の男がその「幻」と出会った一節を引いておきます。

それは人間であった――少女の姿をしていて、小さな木の根もとにある羊歯や草の間の苔の上に休んでいた。片腕は頭を支えるために首のうしろにまわし、もう一方を前方にのばしていて、その手はもう少しで手のとどくまでにぶらさがっている小枝にとまった茶色の小鳥の方へさしのべられていた。彼女はこの小鳥とたわむれているようであって、おそらくはその手におびき寄せようと誘っていたのであろう。そしてどうもその手にはたいそうな魅力があるものらしく、鳥は絶えずあちこちととび移ったり、そちこちに向きを変えたり、翼や尾を急にびくつかせたりして、今にも彼女の指先にとび下りそうにしていた。僕のいるところからは彼女をはっきりとは見きわめがたかったが、それでも僕はあえて動かなかった。しかし彼女の丈が四フィート六、七インチよりも低く、からだつきはほっそりしていて、手足は小さく華奢であることが僕にもわかった。……（同前　p80-81）

百五十センチにみたない、妖精のようなすがた。
あるいはこんな花の描写。

……森林に蔽われたでこぼこの岩原の中をよじのぼっていたとき、僕にははじめてでもあり、その後も見られなかった、ただ一本の白い花に出くわした。僕は長いこと、それを眺めてから、さらに先に行ったが、この申し分のない花の姿がこころにこびりついて容易にはなれないので、まだ萎れていないようにと願いながら、翌日もまたそこへでかけたほどであった。花には何の変りもなかった。そして今度はもっとずっと長い間この花を眺めながら、他の一切の花をはるかに凌いでいるような、この形のおどろくべき美しさをつくづくと嘆賞したのであった。その花びらは厚かった。はじめ僕は神聖な霊感をうけた芸術家がまだ世には知られていない高貴な石にきざんだ造花ではないかと思った。その大きさは大きなオレンジくらいで、ミルクよりももっと白く、透明ではないが表面には水晶のような光沢があった。……（同前　p284-285）

この花は描写からすると花弁が厚ぼったいところから、サボテンかなにかのような熱帯の花ですが、ジャングルの奥の奥に探検者たちが思い描くあこがれ、幻の象徴のようにもみえます。現地で「ハタ」と呼ばれる実在の花のようです。

このロマンスは甘やかなだけではおわりません。リマを失ってからの語り手の彷徨、苦悩、病、〝ヘビの幻想〟などの記述がながく書き込まれており、実際の熱帯林の過酷さを知る者にしか書けない物語なのだろうと感心したのですが、年譜によるとハドソンがオリノコ周辺に行ったという記述はありませんでした。

開高健の折り込みがなぜリオラマの一か所だけなのかは、わかりません。

じぶんなら、一か所だけといわれたらどこを折り込むだろう――そう問いかけるゲームをするならば、迷いはしますが、この白い花のところをえらぶかもしれません。この個所を読むといつまでも、いまこの項を書いている瞬間のことをおもいだす気がするからです。

第三章　かわうそとサケと宝石

ネイチャーライティングの名作たちは開高健にどうひびいたか——。
かれが追いもとめた「美」とはどんなものだったか——。

《書斎のポ・ト・フ》は開高健、谷沢永一、向井敏による鼎談書評本ですが、このなかにナチュラリスト文学についての章があります。ここで開高健はある英国人作家の『鮭サラの一生』という本を絶賛しています。

……著者のウィリアムスンは自分の邸の近くを流れる川をさかのぼってくるサケをながめているうちに、一匹のサケの教養小説、ビルドゥングスロマンみたいなものを書いてみようと思い立って、それで二十五年ぐらいを費してこれを書いた。サケが川で生まれて海へおりていくまでに、卵の段階だったらカワハゼ、キツネ、無数の水鳥、それから幼魚の段階ではヤツメウナギとかカワウソ、そうしたあらゆるものがその前途をさえぎってとびかかってくる。それをすり抜け、すり抜けて大西洋に出るんだが、大西洋に出るとまたスズキが待っている、アナゴが待ち構えている。…（中略）…これはじつによく書けている。いつまでたっても古びない。私は心が乱れたりすると、ナチュラリスト文学を読み返すことにしているんだけれど、この『鮭サラの一生』も三年に一度くらい読み返している。そのたびに一読三嘆、りっぱなもんだと感心させられる。（《書斎のポ・ト・フ》一九八一年）

ここまで絶賛されている『鮭サラの一生』（海保真夫訳　至誠堂新書　一九七二年）ですが、ざんねんながら開高蔵書に見つかっていません。どこかで失われたのか、誰かにもらわれたのか、引っ越しにまぎれたか。（田中清太郎訳『鮭サラー　その生と死』が一九八一年に至誠堂選書として出ており、開高が推薦文をよせました。）

しかし、同じ著者の『かわうそタルカ』という本が蔵書のなかにありました。折り込みも一か所ある。「福音館日曜日文庫」の一冊、一九八三年の二刷ですので、開高健がこれを読んだのは八九年に亡くなるまでの六年間のどこか。われわれと《オーパ、オーパ‼》でアラスカ、カナダ、コスタリカ、スリランカ、モンゴルへと旅をくりかえしていたころのことになります。

開高さんの言い方を借りればこれはまさに〝かわうそのビルドゥングスロマン〟です。古代イングランドにいた人々のことばで〝小さな漂流者〟を意味する「タルカ」とよばれる一匹のかわうその、成長と生と戦いと死の物語。訳本（複数）にある著者紹介などをまとめると、ヘンリー・ウィリアムソンは一八九五年ロンドン郊外で生まれる。きびしい銀行員の父と暗い家庭から逃れるように第一次大戦に参加。一九一八年帰国してロンドンにジャーナリストの職を得るが、都会の喧騒をきらい、北デボンに移り、執筆活動に入る。一九二七年『かわうそタルカ』を出版、ホーソンデン賞を得る。一九三五年に『鮭サラの一生』を発表。一九七七年、八十一歳で没。ある詩人のことばによるとウィリアムソンは「天才、特異な人物、あるときは激しやすく、あるときは機知に富みおもしろおかしかった。しかし、次の一点において彼は終生変らなかった。タルカのように…（中略）…野生で機敏で何事にも拘束されず、何にでもたちむかった」

タルカたちかわうそをかこむ世界は、ウィリアムソンにはこんなふうに見えているようです。

牧場にも水辺にもたそがれがたれこめ、丘には一番星がまたたいている。アオサギのノッグ爺《じい》さんはクラァーッと鳴きながら河口に向かってゆっくりと黒っぽい翼《つばさ》をうごかしていく。なにやら白いものが岸辺の枯れアシの上を漂ってきた。石橋のまん中のアーチをくぐりぬけてきたフクロウだ。

昔は運河を通していたというこの石橋の下手右岸に沿《そ》って、大きな十二本の木がはえそろい、川の水がいつもその根を洗っていた。以前は十一本の楢《なら》の木と二本のトネリコ、合わせて十三本の木が立っていた。だが北極星にいちばん近い楢は、満足に生いしげったというためしがなかった。――三百年以上も昔、洪水で岸にうちあげられた黒いドングリの水ぶくれした果肉から、爪のような形をした蓬《よもぎ》色の芽がふきだした。二年目、鴇《とき》色に育った若葉を牛の蹄《ひづめ》が踏《ふ》みしだいてしまった。それ以来若木《わかぎ》は曲がったままだった。……(『かわうそタルカ』p5-6)

巻末に物語の舞台となるグレートブリテン島南部・デボン地方のくわしい地図や、登場するだならぬ数の動植物の日本名・英名・学名対照表がつけられており、本文のルビのていねいさからみて、年少の読者を意識した訳本のようでもあります。

タルカたちの棲んでいるあたりは川や森にめぐまれ、海にもちかく、かわうそだけでなく、空にはフクロウ、ハヤブサ、ノスリ、陸にはアナグマ、キツネ、各種ネズミ、各種ウサギが、水にはボラやスズキやウナギがいる。しかも、人間由来の廃墟まである。

廃坑《はいこう》の池には一匹の魚もいなかった。タルカは朽ちはてた石灰《せっかい》焼用の小屋とかまどのそばを走りぬけ小川にもどった。こんどは右岸から丘にあがって、草のはえた石灰岩のぼた山を走っていくと、別の廃坑があって、やはり水がたまっていた。こわれたかまどの煙突にキヅタがからみつきそばの鋖《からみ》の山にはクロヤブミザクラのやぶがのびている。苔のはえた柳の木は、暗く淀んだ水の上に頭をたれている。この高い煙突《えんとつ》の亀裂に一羽の雌キバシリが巣をもっていた。風がふくたびに煙突はゆれた。というのも煙突をささえていたのは、れんがの間のモルタルというモルタルを食いやぶり、からみついているキヅタだけだったからである。この五年間毎年四月になると、この裂《さ》け目の巣《す》でキバシリのひながかえった。この巣は遠目には風にひっかかった枯れ草と小枝としか見えず、カラスやカササギの襲撃もまぬがれることのできるほど、実に巧妙につくられていた。（同前　p233）

ため息がでるような長いあいだの観察の結実した描写なのでしょう。それと、その視点の自由さ。幼いタルカの第一歩――。

あたりは急に静けさにつつまれた。そしてタルカははじめて、大昔から変わらなくつづいている川の歌――石にとび散るしぶきや岩をくすぐる流れの音を聞いたのだった。タルカは耳を澄ましながらその音に近づこうと根をはいおりていった。途中までおりていったところで、タルカは突然自分がたった一本の細い根の上にいることに気がついた。右も左もなにもない！　急に心細くなって引きかえそうとすると後足がつるっと滑《すべ》った。タルカは弓なりに枝にはりついたまま上に行くことも下に行くこともできなくなってしまった。タルカは母親を呼んでなきはじめた。でもだれも来なかった。しだいに体が冷たくなっていくにつれて、そのなき声はたとえようもなく哀れなものになっていった。（同前　p25）

小説における語り手の人称をどうしようとか、一人称抜きではどうかとか、みずから書くべき物語と格闘していた時期の小説家がこれを読んだとしたら、解放感とか妬ましささえ感じたのではないかと妄想したくなります。かわうそは〝狩る者〟であると同時に〝狩られる者〟であり、そのあたりの、いっそ清々しいといいたいほどの生命の過酷さも描かれています。

開高健がこの本に入れた折り込みは一か所。前半の「最初の年」の p89 左下。ちなみにこの本は後半が「最後の年」と名づけられていて、つまりタルカは二歳までしか生きません。折り込みはあきらかにサケ（アトランティックサーモン）が産卵のために川をのぼってくるあたりにありました。

上流の黒く滑らかに光った流れとは変わり、水はここから波しぶきのたった奔流になる。いま、この下流の白い泡の中に銀色のものがきらめいて、消えた。また銀色に光って動いたと思うと下流のほうでちらっときらめいた。ノッグ爺さん（引用者注・老いたアオサギ）は魚道の下でじっとあたりをうかがっていたが、これを見てすっかり興奮し、もっと水の中をのぞきこもうとした。そのひょうしにあやうく、三本の長い緑色の爪のついた自分の足の上に転びそうになった。いまにも二番目の魚が尾びれを激しく横にふりうごかしながら水はけ口のところから堰《せき》をとびこえようとしていた。だがすぐに水勢におしもどされてしまう。明るい上弦《じょうげん》の月の光は下界のこの騒がしさにうたれたかのように無数の光の微粒子に砕けて震えている。突然、光の粉が吸いつくようにひとつにまとまり、さらに成長した三日月のようなものが、波だつ水から銀色のカーブを描いてとびだした。と思うとそれは堰《せき》の上の水に音もなくおちた。あたり

は耳を聾《ろう》するばかりの水の音だ。（同前　p88）

開高健がはじめてサケ（キングサーモン）を釣り上げたのは《フィッシュ・オン》（一九七一年刊）のアラスカでした。この本を読んでアラスカでの釣りを夢みたというひとにじっさいに何人も出会ったことがあります。

＊

書けない小説家がベトナム取材の相棒カメラマンとともにアラスカ、スウェーデン、アイスランド、西独、ナイジェリア、フランス、ギリシャ、エジプト、タイ、日本と釣り歩く、当時としては破格のヴィジュアル紀行。われわれにとってはまさしく《オーパ！》の旅の先行者です。「石の墓場」（ロダン）にみえる都会と、背負った筆責――それらから逃げたうしろめたさをかかえながら小説家がのぞんだ、アラスカの冴え冴えとした空気と、大自然のいのちの輝き。ニジマスにしろキングにしろ、釣り場面の魅力にはふたつとないものがありますが、わたしなりの好きな個所を――折り込みしたい個所を――ここであげさせてもらいます。

荒野は豊饒であった。

ときどき前方で何十羽と数知れぬハクチョウの群れがとびたつ。彼らは首を長くのばし、重い胴をひきずるようにして水面をよちよちと滑走し、ずいぶん走ってからゆっくりと空へあがる。カモもたくさんいた。ボートが接近してきても平気で遊んでいる。岸の草むら近くを丸い頭をあげてせっせと泳いでいるものがあるので、ボートをよせてみると、ビーヴァーであった。朝帰りらしかった。徹夜のダム工事でくたくたになって帰ってきたところなのであろう。

「あんたもたいへんだろうな」

声をかけるとビーヴァーは、

「なに、おれはええねんけど」

と答えた。

「補償金問題がうるそうてなあ」

「そうかな」

「アタマ痛いねん」

「ここでもそうか」

「あっちゃもこっちゃもおんなしや」

丸くてよく肥えた頭をふりふり彼は草むらへよっていき、ブルブルとひとつ身ぶるいして水を切ってからどこかへ消えた。(《フィッシュ・オン》一九七一年)

テレビ画面などでみるのとちがって、おなじ空気のなかにいるとこんなふうに話しかけたくなる。ビーヴァーにはそんなところが確かにあります。

われわれのはじめてのアラスカは、《オーパ!》の旅の三年後、ベーリング海の孤島での巨大オヒョウ釣りの旅でした（《海よ、巨大な怪物よ》収録）が、何度目かのアラスカでこんなことがありました。

高橋カメラとふたりでイリアムナ湖のロッジの近辺を撮影にまわっていたときのこと。苔でふかふかした斜面をのぼり、灌木のあいだをぬけ、峠のようなところに出たのですが、その道のわきに一匹のビーヴァーをみつけました。彼——まさにそう呼びたくなるのです——はすくんだように道端におり、後ろ足でたち、しきりに前足をすりあわせている。川からはかなりあがった場所で、別の水場へでも移動するため峠を越えようとしていたのかもしれません。われわれに出合って動けなくなってしまった。「かんにんしてえな、たのむわ」と前足でおがんでいるようにみえ、高橋カメラと顔を見合わせてしまいました。もちろんクローズアップ写真を一枚。

ひとことつけくわえれば、ビーヴァーの引用の個所は、ナチュラリスト文学における「擬人化」に相当に慎重だった開高健の手によるものです。《書斎のポ・ト・フ》のなかでシートンなどを疑問視しながらこういっています。

『鮭サラの一生』では擬人化を慎重に避けつつ、しかし人間の社会に当てはめてもまったく同じと思われる反応がサケに起るときにはすかさず擬人化をやっている。そのために、もちろん著者の博識と感性の豊かさのせいもあるけれども、きわめてリアリスティックなファクト・ストーリー、事物の物語でありながら、ポエジーを失わない、すぐれた作品になっている。ほめるより手はないね、これは。（《書斎のポ・ト・フ》）

《フィッシュ・オン》におけるもう一つの個所は、次のところです。

私は川に体をひたしたままリールを巻く手をやすめる。川の真中を一隻のボートがおりていくのが見えた。父と子が乗っている。いま、子の竿が弓のように曲り、ぶるぶるふるえ、さきがほとんど水面につきそうになっている。見ていると父はボートを右にまわし、左にまわして操りながら、子にたえまなく声をかけ、注意し、はげましてやるが、けっして助けてやろうとはしない。それが最大の援助である。自分でかけた魚は自分であげなければいけないのだ。着手したらさいご一人でたたかえ。やりぬけ。完成しろ。夢中になって竿にしがみついている子と、たえまなく声を発する父と、二人を乗せてボートは水と大魚にひかれて下流へ流れていった。

子はおそらく生涯今日を忘れないであろう。子は成長して言葉やアルコールで心身をよごし、無数の場所で無数の声を聞きつつ緩慢に腐っていくことだろうが、父のこの叫び声だけは後頭部にひろがる朦朧《もうろう》とした薄明のなかでいつまでも変形せず解体しないで小さな光輝を発しているることであろう。（《フィッシュ・オン》）

このくだりを読むとおもいだす表情があります。たしかコスタリカのロッジでのこと、われわれに開高さんがこうつぶやいたのです。――じぶんは父からネクタイの結び方をおそわったことがない。おそわりたかったとおもうことが、しばしばである。きみたちに釣りをおしえるのも、似たところがあるかな。

自伝的小説である《青い月曜日》でも《耳の物語》でも、開高さんはじぶんの父親についてほとんどふれていません。開高さんとのながい旅のなかでもそうでしたので、このつぶやきがわれわれにはふかく印象にのこったのかもしれません。ネクタイの結び方。じぶんはだれにおそわったんだっけ。

*

大好評だった《オーパ！》の続編、ＰＡＲＴⅡは《オーパ、オーパ!!》というシリーズ名で単行本にすると全五巻になります。《オーパ！》含むじっさいの取材年月日、取材地と取材対象のおもなもの、単行本のタイトルをここでならべておきます。（取材年月日はわたしのパスポートの出入国記録によります。）

• 一九七七年八月八日出国〜十月十三日帰国、ブラジル↓《オーパ！》収録（以下同）
アマゾン河、大湿原パンタナル、ピラルクー、ドラド釣り

• 一九八二年六月一日出国〜七月一日帰国、アラスカ（Ｉ）↓《海よ、巨大な怪物よ》
セント・ジョージ島の巨大オヒョウ釣り、アラスカ本土アリグザンダー・クリークのキング

サーモン釣り

●一九八三年五月二十五日出国～六月二十六日帰国、ロサンゼルス、アリゾナ→《扁舟《こぶね》にて》
ミード湖のブラックバス釣り、ナパバレーのワイン、ラスベガス

●一九八三年七月二十七日出国～八月二十六日帰国、カナダ、ニューヨーク→《扁舟にて》
カナダ西部フレイザー河のチョウザメ、北部マチャワイアン湖のウォールアイ釣り

●一九八四年六月二十七日出国～七月二十一日帰国、アラスカ（Ⅱ）→《王様と私》
キーナイ半島ソルドットナのキングサーモン釣り、半島南端ホーマーの海ロッジでの海産物料理

●一九八四年八月二十九日出国～九月二十一日帰国、アラスカ（Ⅲ）→《王様と私》
アラスカ半島イリアムナ湖周辺のハンティング、北極圏ノームの金採掘、ウガシク湖のシルバーサーモン釣り

●一九八五年二月五日出国～三月八日帰国、コスタリカ→《宝石の歌》
ターポン、グァポテ釣り

・一九八六年三月二十日出国〜四月七日帰国、スリランカ↓《宝石の歌》
スリランカの宝石、カレー、紅茶

・一九八六年七月三十一日出国〜八月三十一日帰国、モンゴル（Ⅰ）↓《国境の南》
モンゴル西部タリアット周辺でのイトウ釣り

・一九八七年五月二十六日出国〜六月二十九日帰国、モンゴル（Ⅱ）↓《国境の南》
モンゴル北部ツァガンノール、再びタリアットでのイトウ釣り

《オーパ！》の旅から数えても三百日を超える日々、いまこうして項目に書き写していても目が回りそうです。これはほんとうのことなのだろうか。夢でもみていたのではないか。しかし、開高さんが一字一字きざむようにして書いた旅が写真とともに現に残されており、それを読むとそれぞれの出来事やシーンや声が「アレラハ夢デハナイ」と言ってくる。

＊

おもえば失敗ばかりしていました。

「植物のクワイを英語で言うてみ？」

「ウォーラーチェストナッツです！」

開高さんが会社のお歴々のまえでとつぜんご下問ある。すかさずわたしが答える。お歴々のあいだにかすかな動揺がはしる。そんなことがありました。《オーパ！》の続編として企画された《オーパ、オーパ‼》シリーズの第一章、わたしたちにとって最初のアラスカとなる取材旅行の社内打合せの席でのことでした。

単行本《オーパ！》から三年、待たれた続編シリーズの開幕です。わたしは昂奮と不安でぐらぐらでした。

旅の担当をどうするかあまりもめた形跡はありません。開高さんが事前に「旅の途中で馬は乗り換えない」と主張したからです。ただ、今回は北米、英語圏が中心で、英語に堪能な編集者はほかにもいた。それを耳にしていた開高さんが、こんなやりとりをしくんだのだといまならわかります。

ふつう「クワイ」の英名なんて知らないですよね。これはその数日前、茅ヶ崎での雑談中に開高さんが口にしたことをたまたま覚えていただけです。クワイの英名なんて、どこで仕入れたんだろう、知ってる人間が日本で何人いるだろう、とあきれるおもいがあったからです。それがとつぜん会議でのご下問。首尾よくこたえられてわたしの面目がたち、プロジェクトも一歩すすんだわけです。これが開高さんのはからいでなくてなんでしょう。

問題はまず語学です。

開高さんの自伝的小説《青い月曜日》に「私」が英会話学校の講師のアルバイトをする場面があります。たったいまじぶんが上のクラスで習ったことをそのままつぎの時間に先生として生徒におしえる、あざとい「私」――。じつはそっくりなことをわたしも家庭教師でやったことがあるのです。

先輩が生徒をわたしにおしつけて卒業したのですが、その生徒が「フランス語で高校受験する」といいだした。「はなしがちがう。フランス語なんてやったことない」といったらその先輩はいいはなちました、「たかが女子高生のフランス語じゃないか」。

で、大学の教養課程のフランス語のABC《アベセ》からやる授業にもぐりこんで、「きょう習ったことを明日おしえる」あざとい家庭教師を一年間つづけてしまった。ひどいもんですが、彼女が優秀だったのでしょう、学内入試に合格してしまったのです。はなしはここでおわらない。

じつは、このことがあったので、じぶんの入社試験のさい、いまでいうワークシートに「仏語家庭教師」と書いたのです。ハッタリというよりは詐称にちかいですが、決してウソではない、そうおもっていました。が、だいぶあとになって「菊池は英独仏、三か国語できるらしい」と社内のある部署でいわれていると教えてくれたひとがいました。そうか、じぶんは語学要員として採用されたんだ、と複雑なきもちになりました。

このはなしは開高さんにはしていません。ただ、旅のあいだじゅう、語学ではからかわれっぱなしでした。語学要員が聞いてあきれるはなしばかりです。

アマゾンでは現地語のブラジル風ポルトガル語（北部南部で訛りがあるらしい）がメインでつかわれ、英語も日本語もほとんど通じません。したがってみな一から学んでいくわけですが、いま考えるといくつか特徴があります。

• 通訳はほとんど醍醐さんによるが、開高さんと菊谷さんはフランス語の素養があり、それからの類推でわかることもあるらしい。

• 釣りの現場がおおいため、魚の名前と危険な動植物、昆虫、水のようすなどの名称にはくわしくなる。

• われわれ若者はボアチ（飲み屋兼女郎屋）での会話から必要な単語をおぼえる。そのためアモーレ系のことばにはつよくなる。

あとで気づいて赤面したこと。

ブラジル語では「ありがとう」というのを「オブリガード」と覚えるのですが、あるときボアチで女性たちが「オブリガーダ」と語尾を変化させているのに気づき、こざかしくもこれが「感謝します」の丁寧形だとおもいこんでしまった。

あくまで仮定のはなしですが、レストランでサーブされたとき小さな声で「オブリガーダ」とかえす男、あるいは手を振りながら「オブリガーダ！」とさけんで去っていく男。ボアチ帰りでオネエサンがたとの会話からおぼえた語であることがミエミエな若い奴。張ッ倒したくなりませんか？

ベーリング海の巨大オヒョウをねらった《海よ、巨大な怪物よ》ではこんなふうにからかわれています。

アリューシャン列島の先のベーリング海へ巨大オヒョウを釣りにいった孤島のホテルでのこと。

このゲスト・ハウスに落着いてから一日か二日たったとき、キッチンで谷口教授に命じられるままジャガイモの皮をむいていたガッデム・菊池が、何やらゲッソリした顔つきで、うなだれている。どうしたんだと、通りがかりにたずねると、どうもこうもあったもんじゃないですよという。ハワイから来たアメリカの女の子に一年間、英会話を教えてもらったはずなのに、ここへ来たら、さっき、〝すわる〟の〝Sit〟と〝雲古〟の〝Shit〟をいいまちがえちゃったんです。すわると、ウンコじゃ、えらいちがいですよ。おかげで妙な顔をされましてね。ボクァ、もうだめだ。自動車も運転できないし、料理もできないし、英会話もこんなありさまだ。マーガレットだ。もう。マーガレットだ。うろうろとワケのわからないことを口走って、しきりに自分を責めたてている。何のことかさっぱりわからないが、マーガレットとは、一年間彼にすわるとウンコのけじめもつかない英会話を教えて去ったアメリカ人の女の子のことだろうか。

（《海よ、巨大な怪物よ》一九八三年）

マーガレットというのは女の子の名前ではなく、わたしが異動先としておそれていた少女マンガ誌のことで、「すわるとウンコをいいまちがえた」というのは開高さんの創作か、自身の体験談ではないかとおもうのですが、それ以外のわたしの情けないようすはすべてほんとうです。

「キクチくーん、英会話できるのはキミだけや。われわれのゴッツォ（ごちそう）から命までかかっとんのやデ、キミの語学に！」

これは谷口教授がメモがわりに録っていたテープにあった開高さんの声。テレビで流されたのでいまもわたしの手元に音声があります。聞きかえすたびにもうしわけなさがつのります。開高さんの英会話力はベトナム戦争取材でも鍛えられていて、じつは、わたしの比ではない。「ゴッツォ」にこまることなんかまったくなかったのです。

これもはじめてのアラスカでのこと。

アウトドア用の石油ストーブを仕入れに、中古品をあつかう店にいったとき、わたしは「中古屋ではまず値切ること」とガイドに教わっていたのでその実践をしてみました。よれよれ帽子にあごヒゲをはやした店のおやじが「フィフティーン（十五ドル）」というので、わたしは「十三ドル（サーティーン）！」とやった。するとおやじはトーンをあげて、「トゥエンティ（二十ドル）！」とさけびます。こちらが「フォーティーン（十四ドル）！」ときざむと、さらにトーンをあげて「フォーティ（四十ドル）！」と返してくる。降参して十五ドルはらってうしろをうかがうと、開高さんがにやにやしながら見てる。やりとりを全部、数メートル後方で観察していたらしいのです。

「役者がちゃうで。勉強せーよ、キクチくん！」

これもアラスカですが、アンカレッジの南のキーナイ半島の南端にある港町ホーマーでのこと。沈みゆく夕陽のハーバーは情緒がありました。ながめながら開高さんがしみじみこんなことをいうのです。

「こないなときの別れにはナ、アメリカ人はこういうんや。Sometime! Someplace!（いつか、どこかで！）わかったね？」

映画みたいなシーンだったので、よせばいいのにわたしは、おもわず、

「アメリカのポルノに Anytime! Anyplace!（いつでも、どこでも！）というのがありましたね」とまぜっかえしてしまいました。大ひんしゅく。いいわけすればそれだけ語学プレッシャーはつよく、反応をいそいだせいですが、知ったかぶりしようとしたむくいです。

カリフォルニアでのこと。

ナパバレーでワインの取材をしたかえり、高橋カメラの運転でふたりだけでロスまで帰ったことがありました。どうしてそういうかたちになったのかわすれましたが、ふたりだけレンタカーに乗ることになった。

午後のハイウェイはがらがらでしたが、背後から青色のベンツが猛烈なスピードで追い越して

いきました。高橋カメラは運転がとくいらしかったのですが、この追い越しにカッと来てしまった。これまた猛烈なスピードで追い上げ、カーチェイスみたいになってしまった。遠くの山のはしに小型飛行機がちらっとみえたようにおもいます。

直後、二台ともパトカーにつかまってしまった。つかつかと近寄ってくる警官の服装は、あたりまえですが、映画で見るのとそっくり。

警官は声高になにかいい、こちらは首をかしげました。作戦どおりです。やがて話が通じないのにいらだった警官が「英語がわからないのか？」と聞いてきました。わたしはのびた口ヒゲをなでながら「いんぐ……りっしゅ？」といってみました。警官はさらに声高になり、手錠をとりだすとガチャガチャいわせながら「You go to jail!」とさけびました。わたしはますます口ごもって「じぇ……る？」とかえす。

あきれたように天をあおぎ、警官はわたしたちを解放しました。つかまっていたもう一台のベンツはとっくに走り去っていました。

これはじつは現地の日本人の忠告にしたがった成果です。かれによれば、「なにか警官につかまるようなことがあったら英語がわからないふりをしたほうがいい。カリフォルニアは英語のわからない外国人がおおい。そんな人間をつかまえると通訳が必要になったりしてめんどうだから解放してくれることがある」というのです。これはほんとうのことだったのでした。

解放されて走りだしたあと、高橋カメラがいいました。

「どっかで中途半端にしゃべりだすんじゃないか、心配したぜよ」

いやいや。わからない振りというのはけっこう大変なんだよ、と言いわけしましたが、ウソです。

開高さんに黙られたこともあります。

カナダ西部、バンクーバーから内陸にはいったフレイザー河でチョウザメをねらっていたときのこと。チョウザメはキャビアの母で巨大になる魚ですが、口のかたちからすると生きた魚を追うタイプではなく、ルアーでは釣れないらしい。別称マイティ・フレイザーは流量のおおい濁った河で、海釣り用の剛竿に大きな鉤、そこに魚の切り身などをかけ、レールをとめる犬釘などの重りをつけて淵になげこむ地味な釣りです。そこであちらの淵、こちらのよどみをねらいながら数日をすごしました。

釣れない日々は高橋カメラともども慣れていましたが、この河辺の退屈をまぎらすゲームのひとつが「キクチくーん、これ英語でなんという?」でした。釣り用語から魚の名前、生態学用語から異常気象についての単語まで、英文の釣り雑誌やネイチャー誌を読み込んでいる人でしたから、その詳しいのなんの。たいていの質問にはこたえられませんでした。

ひとつだけ、まあ答えられたのかとおもったもの。

開高さんの本文にくわしくチョウザメ釣りのしかたが書かれていますが、先の大仰なしかけを舟で淵のまんなかにはこんでドブンと沈める。そうしたしかけを何本かつくり、竿を岸にたてて固定し、待つのです。

ひたすら待つのですが、例のゲームがはじまったりします。

「このゆっくりした竿のうごきを英語でなんという?」

濁った淵のなかにもさすがはマイティ・フレイザーだけあって、流れでしかけがはこばれ、竿がゆっくり、あるいはガクンとまぎらわしく動く。魚が引いているようにもみえます。その動きを英語でいえというのです。こんなところにも開高さんが釣りのあいだにも〝言葉の世界〟をはんぶん生きていたらしいことがわかります。

わたしはプレスリーだかだれかの「思わせぶり」という曲をおもいだしました。

「プリテンド　Pretend」

開高さんはへえ?　という顔をし、「プリテンション、プリテンション」とくりかえしながら歩き去っていきました。辞書的にはどうかわかりませんが、開高さん的にはセーフだったようです。

ヒヤッとしたことをもうひとつだけ。

開高さんが大物と釣竿でわたりあっているとき、高橋カメラはその様子を撮影するのに必死でしたが、カメラ助手のわたしはそれを見ているばかり。それでトロフィーサイズのキングサーモンを釣りあげたとき、またつまらない一言を放ってしまった。そのあたりを開高さんがこう書いています。

魚がかかり、それととりこむ緊迫したやりとりのあと、……竿が根から大きく曲がって、ふるえ、喘ぎ、音をたてる。このまま突っ張ってると糸がボートの底でスレてプツンッ！　バン！（……何やらヒィィというような声）。穂先だ。穂先を水につっこむんだ。あの経験だ。パラグアイ河のドラドだ。オタワのリドォ川のマスキーだ。サッと竿を水に深くつっこみ、カム・アウト！（……と英語で）叫ぶ。カム・アウト！　カム・アウト！　イージー！　ベイビー！……

菊池クンが、

「すごい。英語だァ、ゆとりあるんだなァ」

と呟くのが聞こえる。アリガトヨ。（《王様と私》一九八七年）

後日、連載を受け取りに茅ヶ崎にいったわたしのまえに開高さんはこの原稿をひろげました。それからおもむろに、わざと修正前の文が読めるように赤をいれました。この最後の「アリガトヨ」という個所は修正前は「バカニシヤガッテ」となっていました。目のまえでわざわざ赤を入れたのは、きっとあの緊迫した場面で水をかけるようなことをつぶやいたわたしに灸をすえる目的だったのでしょう。こう書かれてみると、わたしの側にふだんなにかと英語力でからかわれていた意趣返しのきもちがなかったか、たしかにすこし微妙です。

＊

オーパ、オーパ!!《宝石の歌》は一九八六年になされたスリランカの旅をもとにしています。この回は魚釣りを目的にしていない唯一の回で、開高さんのたっての希望であり、その個人的な人脈によるものでした。

開高蔵書に宝石関係のものが何冊かあります。『宝石は語る』(砂川一郎著　岩波新書)、『ジュエリイの話』(山口遼著　新潮選書)、『鉱石採集フィールド・ガイド』(草下英明著　草思社)などが目につきますが、カバーはとられているものの折り込みはありません。

われわれのスリランカの旅にはかくされたパトロンというか仕掛け人がいます。開高さんはこの、インド亜大陸の南に位置する、おおむかしにはセイロンと呼ばれた島国へのはじめての旅をこう書きはじめています。

いじらしくて切実だけれど、せこくてみみっちい。そんな話ばかり聞かされて暮すことにつくづくうんざりしたので、某日、半ばたわむれに新しい糸をひっぱってみる。スリランカの首都コロンボに宛て二通の手紙を送ったのである。ここにはかねてから知りあいの紳士が二人住んでいて、よく文通し、一度ぜひ遊びにおいでなさいという誘いを頂いているのである。一人は医師で、もう一人は弁護士である。医師とはサイゴンで知りあいになり、弁護士とは東京で知りあいになった。(《宝石の歌》一九八七年)

じつはこの医師も弁護士も架空の人物。モデルは開高さんの年若い友人であるひとりの宝石商です。本人にじぶんのことは書かないでくれと要請され、小説家はあっというまに二人の造形をやってみせたのでした。

この宝石商はたしかに「同国のハイ・ソサイエティの住人」で、首都コロンボと南部の町ゴールに邸宅をもつ富豪にして有力者、スーツ姿で世界をとびあるくビジネスマンでもありました。開高さんとはあるひとの紹介で知りあったらしく、開高健に心酔していました。

中肉中背、浅黒い肌と彫りのふかいインドふうの顔だちで、スリランカでは少数派であるイスラム教徒でした。その落ちついた物腰から当時はじぶんよりずっと年上だとおもっていましたが、ひょっとするとわたしと同年代か、年下だったかもしれません。

開高健が亡くなってしばらくして、ひさしぶりに来日したらしいかれから電話があり、いっしょに北鎌倉の円覚寺にある開高さんの墓地へむかいました。往きの湘南電車のなかから、かれは静かに涙をながしつづけました。病気のことを知らなかったじぶんを嘆き、知らせなかったわれわれを嘆き、「センセイ」へのおもいを語って涙をぬぐいませんでした。病気のことは伏せられており、われわれも最期には立ち会えなかったと説明しましたが、じぶんの国ではありえないことだとなんども首を横にふっていました。

開高健と宝石といえば絶筆《珠玉》(一九九〇年二月刊)が思い浮かぶでしょうか。

透きとおった碧のアクアマリン、血のように赤いガーネット、白濁しつつ輝くムーン・ストーンという三種の宝石をめぐって紡ぎだされた、開高健にしか、絶対に、書けない三つの物語。五十八歳でなくなる直前に病床で完成させた、もじどおりの絶筆です。

逆算すると、スリランカの旅はなくなる三年前になされたことになります。そのすべての行程――王都アヌラダプーラやシギリアなど中部にある遺跡群、宝石掘りの現場や宝石の青空市場、紅茶畑と紅茶工場、すべての手配、紹介、交渉をしてくれたのが、この年若い友人の宝石商でした。

当時スリランカはインド本土から侵攻してくる「タミル・イーラム解放のトラ」をはじめとするタミル人勢力との内戦がつづいていて、島の北部から中部観光地アヌラダプーラの北あたりまで戦火が下りてきているとのことでした。われわれが東京から飛行機でのりこもうとした数日前にも首都コロンボの空港で爆弾テロがあり、日本人観光客らが巻き込まれました。われわれのあいだには緊張がはしりました。

スリランカのビザを取るさいにもわたしの貧語学がわざわいしたようです。

カメラや釣り道具など有価な機材の通関はつねにわれわれの旅では問題になります。わたしの重要な任務です。事前に東京のスリランカ大使館に出向き、担当官と入念に英語でやりとりをしたつもりなのですが、コロンボ空港についたわれわれはたちまち別室にひっぱられてしまいました。ビザに問題があるらしいのですが、たがいに英語は母国語ではないこともあって埒が明かない。往生していたら、その宝石王がすっとあらわれて、もじどおり救い出してくれました。かれがそのとき何を言ったのかわかりませんが、すぐにわれわれは機材・荷物ごと、空港の別室から入国審査もなく夜のコロンボの街にはきだされたのでした。
開高さんの《宝石の歌》にはスリランカの歴史、政治・社会情勢などが書き込まれています。こんなことわり書きといっしょに。

これからさきになるとこの国の古代史のごくごく短い要約となり、地名と王様の名前の羅列になる。それは聞き慣れないし、読み慣れないので、宝石にしか興味のない人は飛ばして下さってもよろしい。私もメモや史書と首っ引で書きつづるので、怪しいことこの上ない記述である。ただ一人の観光客としてそこへつれていかれて耳に吹きこまれた以上、それに案内してくれた人の実篤そのものの好意と祖国愛を思いかえすと、やっぱり、かいなでながらもよちよちと書きつづらねば、と義務感をおぼえる。(同前)

もうひとつ印象的なのは、この宝石をめぐる旅の文章のなかで、宝石の美しさを直接かたる個所がほとんどないところです。

ありありと覚えている光景があります。ゴールにある宝石王の邸宅でのことです。
高橋カメラはこの旅でたいへんなミッションを背負っていました。宝石の美しさを写真にしてみよ。日本でも事前に研究をかさねていたようですが、この種の「光りモノ」の撮影には専門的な技術がいるらしく、ライトやそれなりの機材を用意していったようです。

旅の取材そのものは順調にすすみました。古都や寺院、壁画や洞窟、伝統的な儀式や習俗、動植物――開高健は「花（フローラ）と動物（フォーナ）の国である」としています――、宝石掘りや紅茶畑……、それぞれの写真も紀行記録としてみごとなものです。

ただ、開高さんが旅のはじめに宣言したこと――今回は釣りはやらない、宝石とカレーと紅茶の研究に耽ることとする！――のうち、紅茶以外は難題です。カレー料理は写真的にはおなじようにしか写らなかったためか、本に使われているスリランカ料理の写真はありません。撮影していた記憶もあまりありません。

さらに問題なのは宝石です。

宝石は掘りだされるとかんたんなカットや磨きをかけて原石（ルース）になります。それがさらに精密にカットされ研磨されてやっと、指輪や宝飾品になるまえの「宝石」になります。カットのしかた、磨き方、宝石としての仕上がりのかたちに何百通りもあるのにたまげましたが、そのうちにスリランカが産する宝石類の種類のおおさ、それらの輝きの多様さにはわれわれはほとんど絶望的になっていきました。

「宝石を撮影する」とは、いったい何を、どの段階で、どう撮ることなのか――。

そしてある夜、宝石王はじぶんの金庫から秘蔵の宝石類を出して撮影させてくれることになったのでした。何百種もの宝石と、原石を。

それは使用人たちにも内緒でおこなわれました。邸宅の隅の一部屋を貸してもらい、宝石撮影用のミニスタジオをつくりました。上と左右にライトをすえつけ、ビロードや布をしいた台に宝石類をのせ、接写レンズでねらいます。締め切った部屋には熱帯の夜の大気のほかにライト類が放つ熱がこもり、たえがたい暑さです。高橋カメラだけでなく助手のわたしも汗みずくで奮闘しました。

宝石の美しさとはなんだろう。色？　光り具合？　輝き？　透明感？

撮影のためにライトをあてると、石たちは別の顔を見せはじめます。まず色が変わり、輝きが割れ、見た目にはなかった内部の瑕や模様が浮き出てきます。ライトをあてると最初は輝きを増したようにみえるものもあります。別物になってしまうものもある。美しいものが醜くなるとはいいませんが、最初に感じたその石の美しさがその宝石の美しさだと仮定すれば、写真はそれを目指すことになるでしょう。再現です。しかし、あれこれやっているうちに、高橋さんは「マイッタ」という感じでいいました。これじゃ、石の図鑑だよ。

わたしも宝石の美しさというものがなんだかわからなくなっていきました。

開高さんではないある作家の言ですが、「小説の中で〝世界一の美女〟を登場させるのにはどうしたらいいか。簡単だ。彼女は世界一の美女だった、と書けばいい。そうすれば、彼女はその小説のなかでは世界一美しい女なんだ。あとは読者が、その美しさを、じぶんの納得がいくように想像してくれる」――つまり、美しさとは、半分以上は見る側がつくりあげるものだというのです。

開高さんも、宝石の魅力を直接的に、ものとしてそれに即して表現しようとすることの困難さ、無謀さを察知していたのではないかとおもわれます。そのかわりに、宝石を見、見つめ、その中に宇宙を見、その宇宙に没入し、そこから〝物語〟を引き出すことでじぶんの宝石を表現しようとしたのだと思えてなりません。紀行文《宝石の歌》における宝石の美の表現の不在は宝石のトロワコント《珠玉》と表裏の関係にあるといったらいいすぎでしょうか。

＊

『春山行夫の博物誌Ⅳ　宝石②』という本に一か所折り込みがありました。
著者の春山行夫は一九〇二年～九四年、詩人・随筆家でネット情報に「エンサイクロペディスト」とあります。著作からみると詩、小説、文芸評論などを書き、その守備範囲は宝石だけでなく、花、服飾、食、酒など多岐にわたっています。この『宝石②』の紹介コピーにはこうあります。

美しく光り輝く宝石にとらわれた夢と欲の文化史。主要な宝石20余種の鉱物的性質から、発掘・発見の歴史、伝承、民族、エピソードなど、宝石に魅せられた人間の執念をつづった「宝石誌」

試しに「ザクロ石」＝ガーネットの項を読んでみると、ザクロ石にも黄、緑、茶や青といった色のあること、十九世紀末にボヘミアで大量の黄色がかった石が掘られて出まわり一時希少性をうしなったことなど、おもいがけないエピソードが満載で、シェークスピアや漱石の作中にあらわれている例などもひろってあります。出典はこまかく書かれてはいませんが、英語の宝石関係書をたくさん参照していることが書かれています。まえがきもあとがきもない、項目をならべただけの本ではありますが、たのしい読み物です。

この『宝石②』の発行日は、一九八九年八月四日、初版第一刷。開高さんが亡くなる四か月前、《珠玉》を書いていただろう最中のことになります。折り込みは p82 右下。その個所は「ジェード」、ふつう翡翠《ヒスイ》と呼ばれる宝石です。指しているとおもわれる個所は、

★玉 玉《ぎょく》は中国では色いろの護符に用いられていて、二人の人物を彫ったものは「聖なる二人の兄弟愛」のシンボルとして親友に贈られ、この石で鳳凰を彫ったものは娘たちの美しい装飾物として、彼女たちが年ごろになると与えられた。新婚の夫婦には、一角獣にまたがった人物がカスタネットを手にしている有様を彫ったものが贈られたが、これを受けた夫婦には近いうちに子供ができるといわれている。(『宝石②』 p83)

《珠玉》にこの本と直接ひびきあう個所はみあたりませんが、わたしはこの一節の兄弟愛、親友、新婚夫婦、子供ができる、といった言葉からスリランカの若い宝石商をおもってしまうのです。われわれがおとずれたとき、かれの妻は第一子を妊娠中でした。開高さんはそれをきいてたい

そうよろこんでいました。「こどもはきっと女の子やな、断言してもエエ。きみみたいな精力家のはじめての子は、なんでかしらん、女の子。うちもそうや」

最後に、開高健《珠玉》からアクアマリンについての一節を引かせてください。

先生は立ちあがると電灯を消し、どこからかロウソクを出してくると火をつけて、チャブ台にたて、窓をあけた。衰えかかった、穢れた冬といっても、冬はやっぱり冬である。寒気で思わず首がすくんだ。ロウソクの灯があやうげにゆらゆらし、まばたいた。闇というもののない大都市の夜の光が石を海にした。掌のなかに海があらわれた。はるかな高空から地球を見おろすようであった。掌のなかの夜の海は微風のたびに煌めきわたり、非情な純潔さで輝やいた。線が消えて深淵があらわれ、闇と光耀が一瞬ごとに姿態をかえて格闘しあい、たわむれあい、無言の祝歌が澎湃とわきあがってくる。厖大な清浄に洗われる。まがいようのない浄福があった。（〈掌のなかの海〉一九九〇年）

この浄福のあとにつづく「先生」の変貌のようすをはじめて読んだときの驚愕！　開高健にとって宝石を見る、見つめる、愛でるというのはこういうことだったのか、というおもいです。

第四章　うしろ姿と草原

ヘミングウェイの名短編をおもわせる二日間のハンティング――。
モンゴルの大草原を吹きわたる、ニガヨモギの香の風――。

《オーパ！》の旅はその出発点がフィッシング紀行でした。ターゲットの魚がはっきりと決まり、それのもっとも好いとされる釣り場と時期をえらび、その国の事情も考慮し、開高さんのなかで妄想、というかストーリーがあるていど動きだしてから旅のはなしがはじまる。

いちどだけ、ハンティングをしたことがあります。その経緯は《王様と私》に収録されているイリアムナ湖周辺の記述のなかにあります。

この旅は開高さんにとっては五度目になるアラスカでした。
《フィッシュ・オン》のキングサーモン、《海よ、巨大な怪物よ》の巨大オヒョウ、キーナイ河のキング、《王様と私》でのソルドットナの料理キャンプ、北部ツンドラの砂金掘り、ウガシク湖のシルバーサーモンと、そのつど開高健は読者にとって、そしてもちろんじぶんにとって、新鮮にかんじられるだろう、いわば企画の〝芯〟を建てます。情報をあつめ、人脈をたどり、いち雑誌の編集部の予算をはるかにこえていく取材費・人件費を、コマーシャルに出るなどして調達する、そのメインエンジンが開高健そのひとでした。

そこに、「アラスカでハンティングをしてみないか?」というはなしが舞い込みます。

経緯は開高さんがおもしろおかしくぼかして書いているのでそれにならいますが、宝石をつうじて知りあったある日本人の大金持ちからの、じぶんのイリアムナ湖畔のロッジに来ないかという誘いでした。

われわれはフィッシングの旅をつうじて、開高健がキャッチ&リリースを実践する釣り師であることを知っていました。なので、このハンティングのはなしにはとまどいました。

開高健は銃で「ねらわれる側」をなんども経験しているひとです。戦時中の機銃掃射の記憶や、ベトナム取材での経験の生々しさ、重さは作品の底につねに流れていたのではないかとさえおもいます。

キャッチ&リリースのできないハンティング。獲物を殺すことが避けられない行為。それもスポーツ、趣味として?

いまでもおもいだしますが、ツンドラでの野営を終えてハンティングから帰ってきた開高さんは無口でした。トナカイをしとめたこと、とどめを刺したこと、消耗しきったこと。同行したカメラマンの高橋さんによると、そのようなことがわかっただけでした。目的の魚を釣りあげたときのような高揚はまったくつたわってきませんでした。

《王様と私》のなかにじっさいに書かれているのは、引き金を引くか引かないか、迷いと追跡の二日間です。

小型飛行機でハンティング場にはいるとき、眼下にひさしぶりのアラスカの大自然がひろがります。

たしかにこの機はよくできていた。小さくて軽いのにガッツがあり、いきいきとはずみ、タフで元気だった。プロペラが回転して走りはじめるとヤブ地の凸凹をモノともせず、勇ましくバウンドしつつ突進し、いくらもいかないうちにふわりと浮いた。暁光の射しはじめた澄明な空にのぼると確信にみちて進路を決定し、その方向だけをめざして飛翔しつづけた。北の夏の朝空は澄みきっていて、わずかな雲に日光が射し、空いっぱいにまばゆい、淡い光耀がみなぎっている。巨大なアクア・マリンの内部を飛ぶようである。……（《王様と私》）

そして、撃つのか、引き金が引けるのか、自問の一夜があります。テントが雨に打たれドラムのような音をたてるなか、外に出た小説家はこうおもうのです。

……徹底的に痛烈な氷雨で頭を乱打されたので、それまでの日々に決意しかねてぐずぐずなるがままにほっておいた一つのことをふいに断固として決意して捨棄することができた。そして、思いを決しかねていたもう一つのことは一歩踏みだして採択する気になることができた。こころのなかでほとんど一つの瞬間に二つの思惟に止めを刺すことができたので、スリーピング・バグのなかであたたかく体をのばすことができた。手と足をのびのびひろげることができた。（同前）

翌日、開高さんたちは一頭の巨大な角を持つオスのカリブー（トナカイ）をしとめます。しかし、そのあとの文章を読むと、帰還を出迎えたわれわれ留守部隊のまえでだまったままだった開高さんの胸中に、どんな自問が浮かんでいたかがうかがえます。

・トナカイを倒した自分の心のなかをさぐってみても「残酷なことをした」という意識が感じられない。
・「残酷」をかんじるためには何がしかのゆとりがなければならないが、強行軍による消耗がそれをうばったか。
・人間が標的の獣よりはるかに優位にたっているなら銃で撃つのは卑怯だろうが、銃のスコープは見づらく、銃弾はめったにあたるものではないし、獣は賢く接近するのは至難だ。
・ねらっている獣はしだいに気品とサムシングを備えはじめ、追うじぶんがゼロだと感じられてくる。獣への尊敬と自身の無化。

……

そして、遠景の荒野をうなだれぎみにあるくじぶんたちの写真に開高さんはこんなことを書きつけました。

自殺したくないばかりに旅に出るんだ。
自分を追ってここまで来たんだ。
自分に追われて黄昏に会った。（同前）

ちょっと横道にそれますが、開高健はよくヘミングウェイになぞらえられます。釣りもするし、旅をするし、みごとな小説も書けば、ジャーナリスティックな文章も書く。開高さん自身は「日本のヘミングウェイ」などといわれても、その言われ方が安易なせいか、あまりうれしそうには見えませんでしたが、意識しなかったはずはないとおもいます。

蔵書にはヘミングウェイの作品としては『ヘミングウェイ釣文学全集　上下』（朔風社　一九八二〜三年）があるだけですが、折り込みはありません。ただ一度、ヘミングウェイについて開高さんからじっくりはなしを聞いたことがあるのでちょっとふれます。〈E・ヘミングウェイの遺作『エデンの園』を語る〉というタイトルで「PLAYBOY日本版」一九八九年二月号に載ったものです。

そのとき開高さんは若い日々――作品でいえば《青い月曜日》に書かれたころ――、焼け跡闇市の本屋でペーパーバックの英語版短編集に出合い、いたく感動したとはなしました。

ご承知のように、ヘミングウェイの英語は簡明で率直、中学三年生ぐらいの英語の読解力しかなくても、なんとか齧ることができるので、その後も彼の短篇集を探して『われらの時代に』や『勝者にはなにもやるな』などを読み、つくづく感心した。それまではいっぱしヨーロッパ文学――フランス、ドイツ、イギリス、ロシアの文学というようなのでヤワなおつむを養われてきた感覚でいきなりヘミングウェイの短篇にふれると、本当にフレッシュな読後感がえられたのだが、壊れやすい、傷つきやすい、感じやすい魂を極端に節約した文章で書き、そして会話が見事に生きていて、いまも頭にしみついて離れない。(〈E・ヘミングウェイの遺作『エデンの園』を語る〉一九八九年)

短編小説をこのように絶賛していますが、その後読んだ『日はまた昇る』や『誰がために鐘は鳴る』などの長編はじぶんにはあまりおもしろくなかった、かれは本質的に短編小説作家だ、といっています。このインタビューは《開高健の文学論》(中公文庫　二〇一〇年)などに収録されていますが、〝旅の編集〟であるわれわれに語ってくれた、文学についてのまとまったはなしで、いま読んでもそのときの書斎での小説家の声音や表情がうかんできます。

このインタビューは集英社から出たヘミングウェイの遺作『エデンの園』をめぐってなされたものですが、なかにこう語っているところがあり、後日、開高さんの未完の小説『花終る闇』を目にしたとき、このフレーズがよみがえって来てしかたなかったのです。

そこで遺作の『エデンの園』になるわけだ。第二次大戦直後から書きはじめて、'61年に自殺するまでに作品にまとめられなかったものを、有能な編集者が見事に整理し、刈り込み、統合した……という。が、わたしの読んだかぎりでは、ヘミングウェイがまとめられなかった混沌がそのまま残っていると思う。（同前）

こう作品の成立についてふれたあと、こう言っているのが気になったのでした。

ただ、気がついたことをいうと、会話はやはりうまい。歴然と、むかしの自分にもどろうとしているな。が、地の文が軽いのはいいとして、よくいえば風通しがいいかもしれないが、悪くいえば緊密さに欠けている。……

……ドラマにならないで、エピソードで終わっちゃっている。残念だけれども。

もちろん、こういう感想はわたしがいうまでもなく、ヘミングウェイ自身が一番よく知っていたことだと思う。自分で自己批判もしている。あっさり書かなければならない。しかし、深さがないといけない。それがなかなか出てこない。それで、ヘミングウェイは完結させないまま、投げだしちゃったんじゃないか。だから、彼が草葉のかげで『エデンの園』の出版をよろこんでいるのかどうか、わたしにはわからないといっておく。（同前）

《花終る闇》が出版されたとき、たしかに出版界に賛否の声がありました。あれは未完であり、開高健が出版をのぞんでいたとはおもえない、と。当時、わたしもこの作品を読んで、発表すべき原稿ではなかったのではとおもいました。

いまはすこしちがいます。そのことはあとでもういちど言及できるとおもいます。


はなしをもどすと、アラスカで開高さんがハンティングをするにあたって、ヘミングウェイが見た光景とはいかなるものか、知りたい気持ちがなかったともおもえません。あるいは、引き金を引いたとき、獲物をたおしたとき、じぶんのなかでなにが起きるか見てみたかったという意識がうごいていたか……。

《王様と私》のハンティングの文章はこう終わっています。


しかし、今日。

かつてない深処で何かが体を起した。

私自身の内部で。（《王様と私》）

＊

先の『ヘミングウェイ釣文学全集』には「老人と海」や「大きな二つの心臓の川」など、まさに釣り文学といえる名作のほか、カナダの新聞社で記者をやっていた若いころの釣りエッセイやレポート類もたんねんに集めてあります。朔風社の独自編集のようです。「書くことと釣ること

——ヘミングウェイの生活の中で、この二つの活動が車の両輪のように回転し」ているという観点から文章がならべられています。

訳者による解説（跋文）ではじめて知ったのですが、晩年のヘミングウェイは海、空、陸を舞台とする作品群を構想していたそうです。The Sea When Young（若き海）、The Sea When Absent（不在の海）、The Sea in Being（存在する海）。そして、この最後の The Sea in Being が「老人と海」となり、前の二作は未完の遺稿となりのちに『海流の中の島々』として出版された、と。

ひさしぶりに「大きな二つの心臓の川　Big Two-Hearted River」（新潮文庫版では「二つの心臓の大きな川」）を読んでみました。若いころ読んだときとは印象がすっかり変ってしまったようです。

「I」は釣り場近くにテントを張って寝る、「II」は次の日の鱒釣りの描写。ニック・アダムスはヘミングウェイの分身の色合いが濃いといわれますが、開高健の書棚にあるという角度からみると、別の妄想がわいてきます。残念ながら手がかりとしての折り込みはないのですが、

ニックは枕木を踏んで、線路のわきの、燃え殻の上に置いてある荷物のところへ歩いていった。幸福だった。彼は背嚢《はいのう》の背にテントと毛布の包みをあてがい、背嚢の革紐をまわしてきつく締め、それを背に担《かつ》ぎ上げ、肩紐に両腕を通した。背嚢には額に掛ける幅広の紐もついていて、それで肩の負担を幾分軽減できた。それでもなお重かった。背負いかねるほど重かった。

ニックは革のケースに納めた釣竿を手に持ち、前傾姿勢をとって重量を肩の上部に懸けるようにしながら、焼けた町を炎暑の中に残し、線路沿いの道を歩きはじめた。とある丘にさしかかったところで向きを変え、山道に入った。両側には、火の痕《あと》を残す丘が迫っていた。歩いてゆくにつれ、重い荷が肩に食い込んで痛んだ。道はずっと登りになっていた。丘の登り道を重い荷を背負って歩くのは骨が折れた。筋肉は痛み、陽射しは暑かった。それでもニックは幸福だった。もう何もかも置き去りにしてきたような気持ちだった。考える必要も、書く必要も、何の必要もなかった。もう何も引きずってはいなかった。(『ヘミングウェイ釣文学全集　上』p182)

時代をかんじさせる部分はあるかもしれませんが、こんなふうに引いてみていまでもまったく色あせない野外行、釣行の描写に陶然としてしまいます。

この短い文章に「幸福だった。」が二度出てくる。

「考える必要も、書く必要も」なかった、と書く。

「ニックは幸福だった。」と書ける幸福。

ある時期から「私」が語り手である小説ばかり書くようになった開高健。語り手やその人称にこだわり抜いていた開高健。「一人称抜きで、耳の記憶だけで書く」とあれほどうれしそうに言っていた開高健。かれはこのような一節をどう読んでいたのでしょうか。折り込みでもあれば手がかりになったかもしれないのに——いや、これも図書係の妄想でしょう。

二つの心臓。この短篇はそのものがあえて「Ⅰ」と「Ⅱ」の「二つ」にわけられています。いぜんから気にかかっていたことを、ネットで調べてみました。(何万キロもはなれた小説の舞台の現場が衛星写真で見られる、すごい時代です。)

原題は Big Two-Hearted River ですが、Hearted の日本語訳がなぜ「心臓」になっているのか。なぜ「大きな二つの心の川」ではいけないのでしょうか。

一九二五年に発表された、若いヘミングウェイの実体験が反映されているとされる作品ですが、二部にわかれているだけでなく、全篇にわたってたしかに一種の「二重性」がつらぬいている。自然のなかでニックが感じる幸福感を書いているようにみえながら、かれがかかえている闇、虚無感のようなものも伝わってくる、その象徴がタイトルの「二つの心臓」なのではないか、と。ただ、そうした二重性ならば「二つの心の川」としてもそう問題ないのでは?

Two-Hearted River はミシガン州に実在する川のようです。全長三十八キロほどの流程でスペリオル湖にそそぎます。ただ『釣文学全集』の解説でもふれられているように、じっさいにヘミングウェイが釣りしているのは、作品内の地理的描写からすると、すこし内陸部をながれる Fox River のようです。ではなぜこちらの川をタイトルにつかったか?

ある英文サイトに、十九世紀末、この川の河口には「Two-Hearted Life-Saving Station」という救命施設がありおおくの海難救助にあたったとありました。〝二重性〟と〝救助・救い〟のイメージからこちらの川の名をあえてつかったのでしょうか。救助ということからなら、心臓という訳語もうなずけなくはない。また、日本語で「二つの心の川」とすると「二心（ふたごころ）」という別のイメージも出てきてしまいます。

しかし、別のサイトには「魚類には二つの心臓（解剖学的には二心室）がある」ともあります。この知識がどれだけ時代的に一般性のあるものかわかりませんが、だとするとTwo-Hearted River との命名は、トラウトの棲む川だったからなのかもしれません。あるいは、Two-Hearted という語じたいがトラウトを指すとか？　すると、Big は……？　この短編の最後のほうに、ニックが釣った魚をナイフで切りひらく印象的な場面もあります。

「心臓」という訳語についてじぶんなりに納得はしました。しかし、このタイトルの件はしばらく余韻を引きそうな気がします。

＊

開高蔵書にはおなじ本が二冊あるケースが数例あります。

筑摩書房から出た一九八八年七月三十日新装版第一刷発行の『ジンギスカン』（ラーフ・フォックス著　由良君美訳　一九六七年初版）の場合、まったくおなじカバー無しの状態のものが二冊あり、折り込みの個所がそれぞれちがいます。

中央アジアのアラル海のほとりに立ちつくすひとりの若いイギリス人の描写からはじまるこの本。その青年は、どこまでもつづく鉄路のわきをボロボロの身なりのまま馬にものらず、凍てついた黄土の大地をとぼとぼたどるモンゴル顔の中年のおとこに強烈な印象をおぼえる――。

訳者のあとがきによるとこの本は、三十七歳でスペイン市民戦争に散った――一九三七年一月二日とあります――このイギリス人青年が、その死の前年に出版したジンギスカンの生涯の物語です。

原著の参考文献の筆頭に『元朝秘史』や『東方見聞録』があげられています。フォックスによる「著者あとがき」にも書かれているように、ジンギスカン（チンギス・ハーン）の資料は限られており、西欧言語に訳されたものはさらに少ない。ですが、このフォックスの筆の活き活きした書きっぷりはただごとではありません。

たとえば、さきほどの、冒頭の「馬のない男」の描写。

……なにしろ、寒暖計は優に零度を下廻っている。それなのに羊の毛皮も着ておらず、ボロボロになった衣服の間からは、褐色の肌がのぞいている。まばらな頭髪が生えた、あのモンゴル人特有の四角な顔にはいちめんの霜焼けができ、太陽の光りに焼かれ、外気にさらされ、病気にやられたその両の眼は赤い。古風な毛皮頭巾が頭と耳を暖かに覆ってはいるが、この男は無一物。馬もなければ妻もなく、テントもない。遊牧民族の意識のなかに潜む、なにかしら深い本能のようなものに従って、乏しい生命の閃光が場所から場所へと、この男の短いO《オー》脚を駆りたててゆく。持つものといえば、乏しい生命の閃光のみである。耐えることができるこの男。苦しんでいるといえば言いすぎになろう。そうだ、なによりもまず、耐えるということができるこの男。一木一草も生えることのない、あのむきだしの凍《い》てついた草原地帯。秋とともに遊牧の人々は移住して姿を消し、いまや河岸と湖のほとりに、わずかの泥小屋があるばかりとなったこの草原地帯で、この男はそれでも生きることができる。なにも見ず、なにも感ぜず、なにも理解せず、この男は、ただ動く。（《ジンギスカン》p8）

これは若いヨーロッパ人がはじめて目にしたモンゴル系の人間へのおどろきですが、フォックス自身の体験だということがつづく本文で明かされます。この「馬のない男」のむきだしの貧困と、それをも苦にせず生きるすがた。これがあのジンギスカンの末裔なのか——。

草原地帯を横切るには、容易ならぬ技術がいる——さながら羅針盤なしの航海である。自分の位置を知るには、ひとつには記憶にたよって横切るのだ。あらゆる石の位置を知り、あらゆる地形を写真機も顔まけの正確さで頭のなかに刻む、あの遊牧民特有の驚嘆すべき記憶力にたよる。夜には、ひとつには星によって知るか、あるいはまた鶴や雁があわただしく青空を横切るその飛翔ぶりによって知る。蒼穹は彼にとって至上の精霊であり、神である。……（同前　p32）

という一節はどうでしょう。「まる一夏をキルギス・カザーフの遊牧民の間に混じって過ごしてきた」フォックスだから書ける描写で、開高健でなくてもこころをわしづかみにされておかしくありません。この本を開高健が手にしたのは発行時＝一九八八年八月から亡くなる八九年十二月までのわずか一年ほどのあいだ。同じ本が二冊ある理由も、一冊を家に置いたまま入院し、必要があってもう一冊を差し入れてもらい読了したのではと想像しておかしくないです。

片方の一冊には折り込みは一か所のみ（p119 左下）。

折り込みの前後をさぐってみると、こんな個所がわたしにはひびいてきます。

モンゴルの古来の慣習を基礎として、そのうえに、ジンギスは一つの法典——ヤサ——を編成した。ジンギスは革新家だった。彼ぐらい、国民の旧習を破壊した人物もないといえるが、しかし自分が建設した帝国を強固にし、堅固にしうるあらゆるものを、彼は注意ぶかく、自国民の過去のなかから選びとってもいた。ジンギスのヤサについては、完全な知識をわれわれはもっていない。カイロの商人マクリジが誌しているものが最良である。これには性関係についての法規があり、姦淫や男色を処罰している。また、嘘言、魔法、スパイ行為、他人の行動にたいする干渉、喧嘩や他人の私闘への連座を禁じている。この私闘や喧嘩の禁止は、久しい間にわたって遊牧民に安らかな生活を送ることを不可能にさせていた氏族間のつまらない確執を撲滅しようとする努力の現われであろう。……（同前　p118）

この一節のあと、「いくつかの法規は、たんなる砂漠衛生の条項であり、草原地帯の儀礼の成文化であるが」としてあげている項目は、

・水や灰のうえに放尿する者にたいする死刑のごときもの
・質素な遊牧民は、衣服が破れるまで洗濯せずに着るべし

草原でのかれらの生活は過酷です。フォックスによると、部族のあいだでは殺人や凌辱や泥棒は「当たり前の生活の仕方」だった。テムジンの母はメルキトという他の部族の女で、テムジンの父によって花婿から略奪されてテムジンを産んでいますし、テムジンものちにメルキト側の復讐として新妻をうばわれ、もどされた妻から生れた長男はテムジンの子ではありません。ニガヨモギの香る草原には、身をかくす場すらないのかもしれません。

もう一冊の『ジンギスカン』には別の部分に、しかも二か所折り込みがあります。p135 右上にある折り込みに対応するのは、わたしにはこの一節ではないかとおもわれます。

（引用者注・ジンギスカンのつくった）この新しい帝国は、その隣国と関係をもち、それらの諸国と極めて広汎な通商を行ってゆかねばならなかった。新しい封建階級には、その階級にふさわしい地位の象徴がなくてはならなかった。自分たちのテントを高価な装飾品で飾り、妻妾に絹の衣服をまとわせねばならなかった。軍隊には武器を備えねばならなかったが、モンゴル社会には、大量に武器を生産する能力がなかった。穀物もこれまた輸入にまたねばならなかったが、他方、中国はとりわけ、モンゴルの牧羊経済の原料を中国の生産品とのひきかえにモン

ゴル側から輸入する必要があったのだ。（同前　p134）

二か所めの折り込みは、まさにフォックスが本文の「――おわり――」とした部分。ページがおおきく三つに折られていて小口からはみだしている。乱暴な折り方といっていいです。しかも珍しいことに、一か所、赤い傍線まで引かれている。

その一節をすべて引用してみます。

テムジンは一時代の終りを画した。二度とふたたび、名も知れぬ遊牧の一酋長が、その獰猛な軍勢を率《ひき》つれて世界征服にのりだすことはなかった。ジンギスの種族の人たちは大帝国を手に入れ、そして失った。しかし彼らは征服された人たちの文化に同化され、それによって造り直された人たちになっていた。冒険を求めることから始まった小地主たちや小公子たちは、王国を築くことで終った。バーブルもティムールも歴史上に大きな名をのこしたが、彼らはジンギスカンとその素晴らしい軍隊とがなしとげたことの半分も成就できなかった。彼らの名は記憶されているが、ジンギスカンの名はただの伝説になっている。ちょうど彼の故郷の河の澄んだ流れをみはるかす山の上の森にあるという、彼の人知れぬ憩いの地のように、模糊《もこ》として実体がない。しかし、その民族の国民詩のなかに、いつも新鮮に保たれているのは伝説であり、ジンギスの名はアレキサンダーの名とともに、アジアの庶民のあいだに最も良く知られている名前なのだ。このことは庶民の方が多くの歴史家たちよりも、より良い判断を持っていること

を証すものといえるであろう。(同前　p258)

傍線部分はジンギスカンの眠る墓のありかをさしているようにもみえます。

病床でこの個所を指さしながら周囲にのちの「チンギス・ハーン陵墓探査＝ゴルバン・ゴル計画」について熱くかたる開高健のすがたがうかんできます。

＊

開高健がモンゴル(＝外モンゴル、当時のモンゴル共和国)の平原の河に幻の魚イトウを追ったのは一九八六年七月末〜八月と八七年の五月末〜六月、計二か月におよびました。

われわれにとってはじめてのモンゴルは、北京からウランバートルへの三十時間の列車の旅のはてにありました。巨大なお皿のような盆地の中央にむかって、ゆっくりとくだってゆくかにみえる長い鉄路。そのさきに、人の住む家々のあつまった「町」としかみえない首都、そのすぐわきにつくられている巨大な火力発電所の――スリーマイル島原発のものとそっくりの――煙突がしずしずと近づいてくる。

町の中心部に高い建物はまったくありません。町のさしわたしは歩いても三十分はかからなかったのではないでしょうか。遊牧民たちのゲル(モンゴルふうテント)の灰色の集落が町の外側をかこむようにしてみえます。

そのまた周囲にはただ、草原、草原。若草色にけむったような、それでいて空のひろい、どでかい風景にみとれるばかりでした。
　このイトウを追った旅のようすは、開高自身の文章で《中央アジアの草原にて》（集英社文庫《オーパ、オーパ‼　モンゴル・中国篇　スリランカ篇》）として残されました。同時にTBS系列でドキュメンタリーTV番組にもなり、コマーシャルもつくられました。それらの映像は東京杉並の開高健記念文庫ですべて視聴可能です。

開高健は上空から目にしたモンゴル平原をこんなふうに描写しています。

　上空からこの大草原を、とくに早朝や黄昏《たそがれ》に見おろすと、壮大な光景である。果てしない草の海が丘や山で背をもたげ、ゆったりと波だち、湖から霧がわきたつ。道も家も灯も煙突も見えず、広大な静寂がたちこめている。静寂と、そして清潔である。徹底的な清潔である。有史以前のいつからともわからない蒼古《そうこ》の時代からヒトはこの高原に棲みついて、遊牧したり、狩りをしたり、戦争をしたり、蒙古族同士で戦いをしたり、大軍をつれて東西南北のあらゆる方角へ遠征に出かけたり、勝ったり負けたり……なおまだヒトの暮しが分泌せずにいられないおびただしいものを分泌してきたはずなのに、いま鳥の眼で空から見おろすと、指紋も爪痕もついていないのである。昨日、海底から隆起して、今日、草が生えたばかりといいたいような新鮮と無垢である。〝無物の主〟とは蒙古人のことだろうか。（《国境の南》一九八九年）

草原のテントの中、とぼしいランプの光で持参した本に読みふける開高さんのすがたがわすれられません。

イトウは釣れない。雨もふれば、雪もふる。

それでも季節は夏、草原にはつつましい、日本でいえば高山植物にあたる花があちらこちらに群生している。

吹く風にはたしかにニガヨモギの香りがする。


天である、命である。じたばたしてもしようがない。ぬけだしたばかりのスリーピング・バッグにもぐりこみ、ミノ虫みたいな恰好《かっこう》になって『東方見聞録』に読みふける。枕もとには泥だらけの靴と、麦茶の入った水筒と、日本酒のパック箱。これは厚いビニール袋が入っているのでシビンとして最高なのである。三回か四回いたすとちょうどいっぱいになる。こういうシンプル・ライフのさなかで十三世紀の中国でマルコ・ポーロが驚嘆しつつ見聞した大都（北京の古称）の風物と人文を読むことには爽やかで深い愉《たの》しみがある。フビライ汗《かん》はジンギス汗から三代目の豪傑であるが、モンゴル族の鉄甲騎馬兵団はいま私が寝そべっているあたりの草原からはるばると繰りだしていったのである。その治世は八十年か九十年にわたり、やがて内部分裂と漢民族の反乱に遭遇し、長城の外へ去り、この草原にもどってくることとなる。マルコ・ポーロの旅行記は六割くらいが嘘か法螺《ほら》であるといった学者があるらしいが、いま読んでいる版には地名と人名についての精細な照合がついていて、それを本文と読みくらべると、マルコはやはり博覧強記《はくらんきようき》の異才であったと思い知らされる。よい耳、強い足、鋭敏な知性、不屈の好奇心、しぶとい探求心、多様に傑出した人物であったらしく思える。八月のモンゴルの雨の音は語られていないけれど……（同前）

二度にわたるモンゴル行に通訳として同行し、のちの陵墓探査プロジェクトにもかかわったモンゴル学者の先生によると、開高健から「チンギス・ハーンの墓をさがすことはできないか」という相談の電話をうけたのは八七年十月のことだといいます。フォックスの記述が直接のひきがねになったわけではないとわかります。

先生が最後に病床に開高さんを見舞ったとき、こういわれたそうです。「探査キャンプは河のちかくにしよう。イトウ釣りができるように。……墓がみつからなくてもいいんや、壮大な夢がみられればね」。そのことばには残される者への気づかいがあったのではと想像してしまいます。

＊

翌一九九〇年、開高さんを追悼する記事や特集号をつくるうごきが文芸雑誌のみならず一般誌にまでひろがりました。

《オーパ！》連載の舞台だった「ＰＬＡＹＢＯＹ日本版」は、その誌上に足かけ十年にわたって展開された開高さんの旅への感謝をこめて「Opa! Forever! 追悼特集　水辺で語られる思い出」として十四ページの記事を掲載しました。われわれの旅をモンゴルからさかのぼるかたちでアマゾンへと至る、回顧を意識した構成で、全旅程をともにした高橋曻の写真をふんだんにつかったものです。

われわれ《オーパ！》に同行した者があつまって一夜かたりあい、わたしが代表するかたちでその思い出をまとめました。旅をさかのぼるかたちにしたのは、去ってしまった開高さんの不在をただうけいれるのは耐えがたく、旅の出発点のエネルギーにみちた若々しい開高さんのすがたで見送れたらとおもったのです。成功したかどうかはわかりません。

【リード】見知らぬ土地に着く。荷物を降ろす。それが夜であれ昼であれ、その土地の匂いが歓声をあげて襲ってくる。ひとつ、深呼吸をする——。旅はいつも、そんなふうに始まった。ときにそれは、いつまでもつづく心躍る道程に見えたのだったが、終わりは突然やってきた。しかも、いちばん予期しない形で。モンゴル紀行から『オーパ！』の原点・アマゾンへと、残されたものを遡《さかのぼ》るグラフィティ。

【モンゴル】モンゴルへ初めて小説家が足を運んだのは一九八六年八月。幻の魚といわれるイトウを、以前小説家は北海道・根釧原野で釣り、その姿を『私の釣魚大全』に描いた。それから十八年、ユーラシア大陸の深奥部で同じ魚、しかも巨大なそれに再会するという夢を全身で楽しんでいるように見えた。モンゴルの夏は急速に過ぎつつあり、八月だというのに山に雪が降り、朝晩は釣り竿のガイド・リングにツララができた。

「これを取っておかないと、肝心なときに糸が切れるんや。釣りは胆大心小でいくこと、わかったね」

ハーイ、と返事をしながら、そのツララをどう撮ったらいいか思案するカメラマンがいた。冷え切ってベースに帰る小説家のために、熱くて甘いアウトドアふうゼンザイを準備しようと思う料理人がいた。

小説家の脚は、思いのほかスラリとして真っすぐだった。その脚力こそ、この旅の要《かなめ》といってよかった。もしこの脚が、「釣り場へ行くのがシンドイ、もうだめや」と言い出せば、そのとき旅は終わるのだ。

「あとどれくらいオレの体力が持つと思う？　一年か、二年か」

モンゴルの川辺へのアプローチはアップダウンの連続だった。羊たちが落ちて死ぬような断崖を登り終えると、ニガヨモギの匂う草原が広がる。眺望のなかでそんなことを言う。イトウ釣りのポイントは、あの丘の向こうかもしれない。あの流れこみの下かもしれない。

目的の魚を釣り上げたとき、小説家は一瞬寂しげな表情をする、とカメラマンはいう。それはほんの一瞬のことで、見えない者には見えない。喜んでしかるべき至福のときによぎるものを、小説家は何度も筆にしている。追っているのも、追いかけられているのも、自分だと。しん、と静まりかえった川面《かわも》に、リールが糸を吐き出す音が繰り返し響く。

【アラスカⅡ】八四年の七月と九月、一年に二度にわたって訪れたアラスカは、小説家の長い旅の歴史のなかでもおそらくもっとも気にいっていた場所のひとつだった。小説家はこのときをふくめて都合五回、六カ月近くをアラスカで過ごしている。午前二時ごろ、小説家は目を覚ましたらしかった。あるいは眠れなかったのかもしれない。粗末な小屋の外では、キング・サーモンの大物《おおもの》場所、憧れのキーナイ川の流れる音がしている。ラッキー・ストライクに火を点けたり、釣り道具をもう一度調べ直したりする気配がする。まだ眠っているスタッフに気遣いながら、表へ出る音がする。

「遠足の前の日の小学生やな。そう思てんのやろ」

いやぁ、そんなこと、と答えながらも、スタッフには否定のしようがない。

小説家の書斎の壁には、いつのころからかキング・サーモンの剝製用のスペースがあけられた。

「六〇ポンド以上の大物が釣れたら、ここに掛けようと思うが、どや」

たぶんそのころ小説家の書斎を訪ねたすべての人が、そう言われたのではないかと思う。そのスペースにキングが掛けられたのは、八五年だった。

「『オーパ!』の旅が全部終わったら、またキーナイ川や。今度は仕事抜きでな、三日間じっくり腰を落ち着けてな」

何度そんなことを語り合ったことだろう。旅先でも日本でも。

【カナダ】八三年六月、八月、カリフォルニア、カナダを旅していた小説家は、一方で最後の長編となった『耳の物語』を文芸誌に連載中だった。この世界と文学の世界の行き来が激しかったのか、心がそこにないという印象が周りに伝わってきた。慎重な旅人がよく忘れ物をした。突然、三〇年も昔のことをさっき起こったことのように描写しだしたりもした。後になって、その記憶の一節が『耳の物語』に描かれているのを読んで、この時期、小説家の肉体は旅をしていたが、その精神は別の場所に生きていたのだとわかった。そんななかで、小説家はチョウザメを釣り上げ、ブラック・バスを追い求めていた。大声で笑ったり、人を煙に巻いたりしながら。

【カリフォルニア】アウトドア派とみられてはいたが、小説家はけっしてテントやコールマン・ランプの生活が好きだったわけではなかった。旅先の快適さは、望むところだった。それでいて、アウトドア派よりも地面に近い、自然に近い文章が書けた。その文章は、いつも読み手を旅に連れ出してくれた。

【アラスカI】「『オーパ！』の旅のなかで、もう一度行きたいとこはどこや。セント・ジョージだけは君らもコリゴリやろな」

スタッフにとって初めての、小説家にとっては三度目のアラスカは、ベーリング海のオヒョウ釣りだった。アンカレッジからプリビロフ諸島のセント・ポール島へ。そこからセスナに乗り換えてセント・ジョージ島へ。この渡り鳥とオットセイと巨大なヒラメの聖地は、年に数日しかないという晴天で小説家を迎えた。その後、釣りのときも島を離れるときも、悪女のような荒天で悩ませつづけたが。この強運の人についていけば無事だ――。風に翻弄されるセスナに乗って、島を脱出するとき、スタッフは荒れ狂う海を下に見ながら一様にそう念仏を唱えた。

【アマゾン】いま、七七年アマゾン旅行当時の写真を見ると、小説家の充実しきったエネルギーを改めて感じる。準備の周到さ、ズバリと本質に切りこむ気力、揺るがない意識、人の心を捕らえずにはおかない話術。アマゾン体験は、ベトナム体験とともに、小説家の繰り返し語る記憶となった。どんな環境にいても、居心地の悪さを感じていないように見えたのはなぜだろう。どこにいようと、そこが世界の中心という思い？　あるいは仮住まいという？

純文学のみならず、釣り文学、食味文学、ノンフィクション文学に広がったその活動範囲すべてに「開高語彙」を記した。研究者にとって分析しにくく、一般人に熱狂的な読者があるという勲章を持っていた。年下の友人が女性ピアニストのモーツァルト・コンサートに連れていったときのこと。圧倒的な演奏に聴衆が熱狂したのを見て、つくづく小説家は羨《うらや》ましがったという。感動をその場で表現される喜びを彼女が味わっていたからだ。今ならもう、開高健の作品を読んだ感動を心のなかで表現しても、その拍手は直《じか》に届きそうな気がする。合掌

（「PLABOY日本版」一九九〇年三月号）

最後に出てくるモーツァルト・コンサートの女性ピアニストは内田光子、会場はサントリーホールです。

＊

アマゾン行の計画がうごきはじめた最初のころから、わたしたち旅の取材の面々は「小説が書けない」小説家、「闇の三作目が書けない」作家のすがたを見つづけ、そのなげきを聞きつづけました。《オーパ！》の旅はたしかに開高健の小説執筆の時間をうばったかに見え、その小説家としての営為をさまたげているようにも見えました。

聞きつづけたことばとは、こんなつぶやきです。

書きたいことが何もないから書けないのではない。たくさんあるのに書けないのである。それは凝視するとこっそり遠ざかっていき、無視すると足音をしのばせて近寄ってくる。東に陽《かげ》炎《ろう》がゆらめき、西に逃げ水が輝いているといってもいい。近寄ってきた気配を感じて体を起し、机にむかうと、たったそれだけの動作なのにたちまち消えてしまい、私はしなやかに痺《しび》れてしまって、万年筆をとりあげることもできなくなる。……（《花終る闇》一九九〇年）

開高健が文字にするとこのようになるのかと非常に納得するのですが、これは《闇》シリーズの三作目、開高健が完結させようとしていたが書きすすむことができなかった原稿《花終る闇》のなかにある一節です。

アマゾンの旅の途上ではこのような素ぶりをみせることはなかったのですが、帰国して、連載が評判をよび、高価な本だったにもかかわらずベストセラーとなり、開高健は大人気作家になりました。《オーパ！》の前後に書かれた短編小説集《歩く影たち》は傑作ぞろいの呼び声も高く、なかの作品は川端賞を受賞しました（〈玉、砕ける〉）。しかし、それ以降、開高健は小説から遠ざかってしまったようにみえました。出版界でも《オーパ！》の成功の「功」と「罪」がささやかれ、われわれの耳にも届くようになりました。

しかし、正直いって、わたしは最初あまり気にする余裕がなかった。書けないで苦しむ作家は少なくないらしいし、いまは書けなくても、目の前にしているこれほどの才能なら、きっとすばらしい作品を書くにちがいないと信じられました。《オーパ！》の旅じたいもきっと、ベトナムやパリでの体験のように「醸成され」、小説として書かれるにちがいない！

しかし、書けない。書きたいものが見えているのに書けない。さきほどの引用の文章は、まちがいなく周囲に三部作のくるしみを訴えつづけていたころ、書斎の原稿用紙の上でくりかえし書かれていたフレーズだったにちがいありません。開高健はなによりもまえにまず「小説家」であり、より高みをめざし、「小説家でありつづけようとした」作家だったとおもえてなりません。

《闇》シリーズ三作目の直接担当だった新潮社の編集者の回想に「今なお私には『花終る闇』の

完成原稿が誰かの手に託されているように思えてならない。その理由は今は言えない。」とあるところから、この未完の原稿は、ある時期に、担当者に「書いている、努力している証拠」として渡されたもののようにみえます。発表はならぬ、といったかどうかはわかりませんが、未完成の意識はつよくあったはずです。書くのを中絶したのはその元担当者によるとその「十四年前」といいます。想像でしかありませんが、それは七〇年代半ばから八〇年代初頭あたりではないかとおもわれます。理由はいくつかありますが、長くなるのでここでは遠慮します。

ひとつ言えるとすると、この原稿の段階ではタイトルが「漂えど沈まず」であったらしいことからの想像です。書くもののタイトル（題）について、おなじく《花終る闇》のなかでこう告白しています。

題がきまらないことには私は手も足もだせない。これまで、ときには、題にもたれかかることだけで書いたことも何度かあった。題はまぎれもなく作品そのもので、作者にとっては顔であり、遠い前方の山頂でもあるが、同時に巣でもある。毎夜そこから出発して彷徨にでかけ、夜明けにちょっとした荷物をおいて帰ってくる。しばしば荷物を背負ったままで帰ってくることもある。無慈悲な日光の射す時間を何とかして耐え、つぎの夜ふけになるとまた歩きだしにかかり、少しずつ距離をのばしていく。……（同前）

「漂えど沈まず」というタイトルにしようかとおもっているとわれわれに話したとき、開高さんはうれしそうで、興奮し、そのタイトルがパリ由来の古い文言から来ていることを語り、こういいました。「まだ、ここだけのはなしやで！」

それはわたしたちが茅ヶ崎の開高さんの仕事場に通うようになってそう時間がたっていなかったころで、七〇年代後半です。「花埋む闇」という仮タイトルを聞いたようにもおもいますが、さだかではありません。「花終る闇」は開高さんの口から聞いたことがありませんでした。

ところが、あるころからわれわれの前で第三作について言及することがすくなくなります。「書けない」は相変わらずでしたが、ある日旅の打ち合わせにあがると、開高さんがうれしそうでした。これは『～歩く』にも書いたことですが、そのとき《耳の物語》の連載を文芸誌ではじめることを興奮しながら言ったのです。

「耳の記憶だけで書く。一人称ぬきで書く」

連載開始は一九八三年一月号の「新潮」ですから、われわれ的にいうと《海よ、巨大な怪物よ》におけるアラスカ、セント・ジョージ島の巨大オヒョウ釣りのあとに書きはじめられ、執筆は一九八五年十一月号まで、旅でいえば《扁舟《こぶね》にて》のロス、アリゾナ、カナダ、《王様と私》のキングサーモン釣り、コスタリカのターポン釣りと同時並行だったことになります。

開高さんから直接聞く小説のはなしは《耳の物語》のことばかりになり、《闇》シリーズの第三作目のはなしはフェイドアウトしたかたちでした。《花終る闇》がそのすがたをわれわれの前に現わすのは、開高健が亡くなったあと。

《花終る闇》は《珠玉》とおなじ時期に発表されました。《珠玉》はその当時のわたしにも完璧な「作品」だとおもえましたが、《花終る闇》については複雑でした。これがあの、われわれの旅の最初期から「書けない」と悩んでいた原稿なのか。「未完」であって、たぶん作者本人は発表を想定してはいなかっただろうものを、発表してしまっていいのだろうか？　そうした声は当時もありました。わたしはさきに引用したヘミングウェイの遺作についての開高さんのコメントをおもいだしました。

〝旅の編集〟であるわれわれが、茅ヶ崎の書斎や旅の途上で開高健からきかされていた第三作の構想の断片からすると、書こうとしていた原稿のイメージはこうでした。

①ベトナムが、その戦争が、その体験が、色濃く反映する。
②前二作は、「陽画（ポジ）」と「陰画（ネガ）」、もしくは「雄ネジ」と「雌ネジ」の関係にあり、新作はその三作目、である。
③そのなかで前二作とおなじように女性との交歓が重要なファクターとなる。
④物語の舞台は《輝ける闇》ではベトナム、《夏の闇》ではパリ、ベルリンなど。今回の舞台は東京らしい。
⑤新作では、なんらかのかたちで主要な女性が「消える」必要があるらしい。

作品を分解してしまうようで気が引けますが、三十年前、開高健の死の直後に出た《花終る闇》を読んで感じたモヤモヤについて、いまおもうことを述べさせてください。

まず、①のベトナムについては、回想として戦闘場面がふれられていますが、《輝ける闇》における「熱」も《夏の闇》の背景にながれるその「余燼」もありません。すくなくとも、書かれるべきものはまだ書かれていない？
②でいうと、ポジとネガの「後にくるもの」とはなんでしょう。本人はそうはいいませんでしたが、「三位一体」とか「正・反・合」とか、「三」という数字に特別な意味を感じていたのはたしかです。しかしこの原稿で開高健がめざしていた〝構造〟はみえてきません。見えるところまでいっていない印象なのです。《夏の闇》を書いている最中に「いま自分は三部作の二作目を書いているのだ」と気づく文章があり、開高健における「三」という数のもつ特殊性はあきらかなのですが……。
③次章でふれる連載小説《渚から来るもの》を《輝ける闇》に昇華させたのが素娥《トーガ》という女性の存在だったように、《夏の闇》が「私」とともに拈華微笑《ねんげみしょう》をただよう女性がいなければ成立しなかったように、ですが、《花終る闇》では三人の女性が登場しています。
・六本木で「私」が知りあい深い仲になる若い娘＝フサ
・私鉄沿線の二階建てアパートに住んでいる、つきあって十年になる女性＝弓子
・ボンの大学で博士号を取得し一時帰国している、七年ぶりの女性＝加奈子
前二作の女性がそのままか回想のかたちで出てくるのかとおもっていましたが、それぞれ名前

をあたえられた三人の女性になっています。フサはベトナムを回想させるきっかけを「私」に与えたりしますが、素娥とは別様の女性。弓子はどこか牧夫人をおもわせるところがありますが、これも別様のひと。加奈子と名づけられた女性だけが《夏の闇》と同一とおもわれる書かれ方をされています。《夏の闇》では「女」「彼女」としかありませんでした。

わたしのモヤモヤの一つは、女性たちの存在感が中途半端だという点。濃密な交歓場面こそ迫力があるものの、フサは二十代とはおもえない年増めいたセリフを吐きますし、弓子の疲れた生活感はそれなりにあるものの、やはりリアリティが中途半端におもえます。加奈子は《夏の闇》の世界を現在につなげる、三部作のたて糸にもなる存在であるはずなのに、まだ本格的に動きださないうちに筆がストップしています。

④でいうと、舞台はたしかに東京の街。六本木や近郊の町を「私」は移動してまわりますが、そこが東京である必然性があまり感じられません。ルポ《ずばり東京》を書いた直後、東京そのものを小説にしてみたいと開高健が語っているのを読んだことがありました。取材の余熱がそう語らせたものかもしれませんが、大阪生まれの〝異邦人〟の書く「トウキョウ」への期待感がわたしなりにあったのはたしかです。

⑤でいうと、初読のときわたしは、「消される」運命にある女性はこれから登場するのだろうとおもいました。以下の事情を知ったいまでは、それが加奈子のことだったのだと納得します。

この《夏の闇》の女性については、開高健の死後、そのモデルらしい女性の死が明らかになったのでした。しかも交通事故死であり、東京に知り合いがいなかった彼女の死亡確認は開高さんがおこなったという。《夏の闇》執筆時にすでに彼女はなくなっていた。しかしそのことを《夏の闇》の世界は「受け入れる」ことができなかった。だから次回、三部作めで彼女の死をあつかうのは開高健にとっては必然の、最重要テーマだったはずです。それが書けなかったのが、未完となったいちばんの理由だというのは確かな観測におもえます。

今回あらためて《花終る闇》を読み、分解してみて、あちこちに書き手の迷いを見てしまいます。ただそうした迷いは、わたしのような思い入れのはげしい〝歪《いびつ》な読者〟には、開高健がめざした先をあれこれ想像するパス（小径）のようにもおもえるのです。

《花終る闇》は「　月　日」という日記体で書かれています。《渚から来るもの》はもとの〝章立て〟から日記体に書きなおされて《闇》の第一作《輝ける闇》にうまれかわりました。

第二作《夏の闇》は、かたちをうしなったようにながれていく日々を意識してか、日記体は採用されていません。

そして第三作がまた日記体——。

やはり「三」のなかに独特の「構造」をもたらしたい、という意識がはたらいているのだとおもえてなりません。絶筆《珠玉》がトロワコント（＝三つの短編）になったのが偶然でなかったように。

第五章　めまいのする冒険

ヘイエルダールの筏による太平洋航海記の魅力——。
開高健を打ちのめしつづけたサルトルの独白——。

開高さんにすすめられてはじめて読んだ本が何冊もあります。『白い国籍のスパイ』とかF・フォーサイスのものなど国際謀略、スパイものから『中国の赤い星』『反乱するメキシコ』といったノンフィクション、『大帝ピョートル』『女帝エカテリーナ』などアンリ・トロワイヤの伝記もの、『アンネの日記』『ちょっとピンボケ』『パパラギ』……。われわれアウトドア部隊に文学のはなしをするのは稀でした、ちょっと残念なことではありましたが、聞いておくべきでした。

すすめられた本にはどれもすぐ飛びついて読みました。トロワイヤという作家のことも開高さんの「おもろい！」のひとことで読み、その、その場に居合わせているような文体——ノンフィクションではなく伝記小説の——に魅了されました。トロワイヤというひとがサルトルの『嘔吐』をおさえてその年のゴンクール賞をとったことを、こんかい調べていてはじめて知りました。

同時代人だったわけです。
開高さんの推薦の口調はとても再現できないですが、われわれの料理人・谷口〝教授〟の母校の調理師専門学校総長だったかたによると、開高さんはグルメでグルマンであるけれど、また稀代の「食わせ上手」でもあった。本についても同様だとおもいます。

開高蔵書のなかにヘイエルダール『コン・ティキ号探検記』をみつけたときはやった！　とおもいました。この本だけは、開高さんにすすめられたときに「あ、あれ面白かったですね」と反応できためずらしい例でしたので。この痛快な海洋冒険譚を開高蔵書で読みかえすことができたのはおおきなよろこびでした。

「ご両親は生きておられますか。」と彼は言った。そしてわたしがはいと答えると、まっすぐにわたしの眼を見て、不吉な予感をこめた洞声《うろごえ》で言った。
「お母さんやお父さんがあなたの死をお聞きになったら、非常に悲しまれるでしょう。」
(『コン・ティキ号探検記』p61)

これはヘイエルダールが太平洋をわたる航海のためにペルーの海軍港でバルサ材の筏《いかだ》をつくっているときにいわれた「そんな舟ではだめだ！」という声のひとつにすぎません。忠告と警鐘とあわれみの大波がおしよせるさまを、ヘイエルダールはこんなふうに書いています。大好きな個所のひとつです。

一個人として、彼（引用者注・ある大国の大使）はわたしにいまのうちに航海をおもいとどまるように懇請された。筏を視察したある提督が、生きたまま海を渡ることはけっしてないだろうと彼に語ったのだった。まず第一に、筏の大きさが悪い。小さすぎて大きな波の中に沈んでしまうだろう。そして同時に、ちょうど二列の波で同時に持ち上げられるほどの長さだ。また、人間と荷物のいっぱい乗った筏では、もろいバルサの丸太は力が加わると折れてしまうだろう。そして、もっと悪いことには、その国で一番大きなバルサの輸出業者が、気孔の多いバルサの丸太は、目的の四分の一も行かないうちに、完全に水びたしになって、足の下に沈んでしまうだろうと彼に語ったのだった。（同前　p61-62）

このノルウェー人学者がコン・ティキ号という名の筏で冒険を決行したのは第二次大戦後もまもない一九四七年。その前年までにかれは南太平洋にちらばる島々に住む人々のふしぎな風貌、ひろがって住むかれらのあいだの言語的変異のすくなさ、残された巨石文化の謎などからひとつの仮説をおもいたっている。この本はその航海の一部始終をつづった世界的なベストセラーで、みずからの仮説を証明するための実験行という、エクスペディションの古典的な作品。日本でもなんどか訳本が出ているようです。

この本をわたしに意識させたのは、これも高校生のときの同級生でした。もう名前すらわすれてしまいましたが、そのときのことだけはよくおぼえている。目立たない、秀才でもないらしい、冒険とはおよそ縁のなさそうな少年でしたが、かれがある日とつぜん「コン・ティキは面白い」といいだしたのです、真剣な顔で。

ところがわたしはすぐには読みませんでした。夢中になるものがほかにあったのだとおもいます。

数年して機会があり『コン・ティキ号探検記』を手にとり、大興奮のうちに読みおわりました。教えてくれた同級生とはそれっきりだったのですが、すぐに読まなかったことを後悔しました。それと、その興奮を共にできなかったことを。

開高さんからこの航海記のことを聞いたのはすでに、アマゾン行を共にしたあとでした。開高蔵書にあるのは一九八三年の十三版ですが、初版は一九六九年。訳書はなんども出ているので、これが開高さんの初読本だとはおもえません。初読の本を何らかのかたちで失って買いなおしたらしい本は、開高蔵書にはずいぶんあります。

こんかいコン・ティキを読みかえしてみると、航海そのものもそうですが、その準備段階がきわめておもしろい。ひとりの男が仮説とその冒険をおもいつき、仲間がひとりまたひとりとあつまり、古代の渡来人たちが使用したにちがいないバルサの筏を再現するために奔走するのは、じつは南米のジャングルの川なのです。その密なる森の臨場感などはとても見すごすことができません。しかも求めて分けいったジャングルからバルサを切り出し、それにのってペルー山地から奔流を河口へ、太平洋までくだるのです。

バルサの丸太で川をくだるそのあたりの描写。

丸太は、樹液にみちていて、コルクのような軽さからは遠かった。確かに一本一トンはあった。そしてわれわれは丸太が水に浮かぶようすを見るために、大変心配しながら待った。一本一本堤の縁に転がした。そこで丸太の端に丈夫な、ツタカズラの類でつくった綱を結びつけた。水の中へいれたときに、流れて行ってしまわないためだった。それから順番に堤を転がして、水の中へ落とした。ものすごい水しぶきが上がった。丸太はくるっとまわって浮かんだ。水面上の部分と水面下の部分が同じくらいだった。そしてわれわれはしっかりと浮かんでいる丸太の上を歩いて行った。材木を、ジャングルの木の梢からぶら下がっている丈夫な熱帯産のカツラ(葛)の類でしばり合わせて、一時的な筏を二つ作り、一方が他方を曳くようにした。それから後で必要になる竹やカツラの類を全部積みこんだ。そしてヘルマンとわたしは、言葉の通じない二人の不思議な混血人種と筏に乗った。(同前　p49-50)

開高健はこういうとき、よく「独楽《こま》がまわりはじめた。」という表現をつかいました。高まるわくわく感。「独楽が澄む」とは回転が安定したしるしです。ヘイエルダールは「たくさんの車がまわりはじめた。」と書いています。たくさんの関係者がうごきはじめたという意味です。

この本には一か所、開高さんの折り込みがあります。p97 左下。全八章のうちの「第五章　途の半ば」のなかです。筏で太平洋に乗り出して——漂流をはじめて——何週間か経ったころ。乗組員六名の日常や役割分担、趣味などが語られています。食料の問題。それと飲み水の問題。

その折り込みの指ししめしているのはどこか。これがじつは、あまりわたしには判然としません。

たとえば、昔のポリネシア人が伝えていた伝説のなかに登場する植物。その植物の効用のひとつは、吐き気をもよおさずに海水をうまく飲むのに役立つことだという。コカインをふくむ薬用植物、コカらしい。


コン・ティキ号の上では、コカの葉は試さなかった。しかし前部甲板に、南海の島々にもっと深い印象を残した他の植物のいっぱいはいったヤナギ細工の籠を持っていた。籠は小屋の壁の風下にしっかりしばりつけてあった。そして時が経つに従って、黄色い芽と緑色の葉が、ヤナギ細工からだんだん高く伸びて行った。それは木の筏の上の小さな熱帯の庭のようだった。

……（同前　p96）

あるいはポリネシアにひろく栽培されているサツマイモの記述。

……サツマイモはこういった遠い島々における一番重要な栽培植物の一つであり、住民たちはサツマイモの他には主として魚を食べていた。そしてポリネシアの伝説の多くはサツマイモのまわりに集まっていた。伝説によれば、それはティキが妻のパニといっしょに祖先の最初の故国からやって来たときに、他ならぬティキその人によって持って来られたのだ。故国においては、ずっとサツマイモが重要な食物だった。ニュージーランドの伝説は、サツマイモが、カヌーではなくて、「綱でしばり合わされた木」で出来た舟で、海の向こうから持って来られたとハッキリ言っている。（同前　p96）

なぜここに開高さんが折り込みをしたのか、やはりよくわかりません。わたしだったらこの本も付箋だらけになったでしょう。

コン・ティキがはじめて外洋にでたときのもようを「この一節」として引いてみます。バルサの丸太をならべてできた筏で、六人の男たちを乗せた、仮説の証明のために発進した運命共同体。本にのせられた写真類をみると、いやいやしながら引き綱にひかれる怒った雄ヤギ（ヘイエルダールの形容）のようにたよりない。

午後もおそくなるころまでには、貿易風がもう最大の強さで吹いていた。風のために大洋が掻き立てられて咆哮する波を立て、その波がとものほうからわれわれに襲いかかった。いまやはじめて、ここでは海のほうからわれわれを迎えに来るのだということがハッキリとわかったのだ。事態は緊急を極めていた。陸地とのつながりは断たれた。事がうまくいくか否かはまったく外海におけるバルサの筏のよい性能にかかっていた。これから先は、もう陸に向かう風や、引き返す機会を得ることはけっしてないだろう。われわれは本当の貿易風の中へはいったのだ。そして毎日遠くへ遠くへと運ばれて行くのだ。なすべき事はただ一つ。帆をいっぱいにふくらませて、前進することだ。陸のほうへ向かおうとすれば、ともを先にして海のほうへ流れるばかりだ。可能な道はただ一つ。風を受け、へさきを日の沈むほうに向けて走ること。そして、けっきょく、それがわれわれの航海の目的だった。コン・ティキと昔の太陽崇拝者たちがペルーから海に追い出されたときにしたに違いないと考えられるように、太陽の動きを追いかけることだった。(同前　p73-74)

これはわれわれにはじゅうぶん「冒険」にみえますが、ヘイエルダールたちにとってはあくまで〝探検〟であり、〝エクスペディション〟なのです。

*

サルトルの小説『嘔吐』は開高健が生涯にわたって書いたり語ったりした書物としては最多登場のものです。

この作品にたいする開高健の思いは自身のことばで幾通りにも語られ、書かれていますが、そのなかの印象的な文章をいくつかならべてみます。

まず一九八二年に発表された山崎正和との対談にある一節。

……だからサルトルの『嘔吐』ね、あれはこたえたなあ。文学教科書ふうに言えば、人間の孤独は誰もが描いているわけで、いろんな描き方はあるけれども、チェホフだってドストエフスキーだって読んでいるのだけれども、それらが無視していたというか、触れなかった部分について彼が触れた。

つまり、徹底的に社会関係を断ち切って孤独に落ち込むと、物と人間とが同じになる。したがって人間がノブをひねって戸を開けたというふうには感じられない。ドアのノブが自分にノブを握らせるように振り向けたというふうに感じられたというようなことばかりが書かれてあるのですけれども、徹底的に物に還元したですね。ただ、最後にはあの主人公はそれではやってゆけない、自殺する勇気もない、生きてゆかねばならないとなると何に依るか。芸術による救済しかない。一枚のジャズのレコードをきっかけにして、私はもうやめよう、パリへ行って物書きをしようという決心で終わるのですけれども。アメリカの何とかいう哲学者だったな、あの作品のことには触れないで、実存主義は哲学における最後のロマンティシズムであるという言い方をしているのですが、二十年ぐらいたってから、それはまったくおっしゃるとおりだ、しかし人間は根源的に情熱的存在であるかぎり、何らかの意味でのロマンティシズムを欠かすことはできなかろう、と感ずるに至りましたな。(〈原石と宝石〉一九八二年)

この本にふれた文章のうちもっとも若いころに書かれたもののひとつに、こんなくだりが。

しかし『嘔吐』はちがう。物はコーヒー碗も、壁も、鏡も、厚い古壁をやぶって部屋のそこへ侵入し、根を張り、葉を茂らせた、ジャングルなのである。そのように物を眺める意識というものがあることを私は知らなかった。たちまち私はとらえられ、ひきずりこまれてしまった。そして何度も読みかえしたあげく、文学はもう止めの一撃をうけたと感じた。密室にこもった一個人の内心の探求という、ここ一世紀か二世紀かの文学の主流となっていたものはここで息を止められてしまったのだと私は感じた。……（〈サルトル『嘔吐』〉一九六七年）

下品だが強烈なセリーヌの全否定の破滅的な作品をもっと早く読んでいたら『嘔吐』にあれほどまで足のうらの砂を奪われることは、あるいはなかったのではあるまいか。いまになってそう思いかえすことがあるが、焼跡のなかで読んだあの作品の徹底的な、執拗な迫力を私は忘れることができない。著者自身があの作品をブルジョワ的詐術と声高く葬っても私は支持しつづける。戦後、政論家となってから彼がいかに豊沃な創造力を涸渇させてしまったか。これは無慚な誠実というしかない。しかし、作者が去ってしまっても『嘔吐』は傑作なのである。これは三十六回も、百回も繰りかえして、そうなのである。手のなかの石のように確実にそうなのである。（〈サルトルと「五月革命」〉一九六九年）

最後のものは一九六九年、開高健が三十代の終わりに書いたものですが、「手のなかの石」という表現がのちの宝石への興味をおもわせます。また、じぶんにとって『嘔吐』は「すでに額縁に入った作品」とも書いていますが、それが若気のつっぱりにも見えるほど、後年にもこの作品を熱くかたっています。

開高蔵書に『嘔吐』（白井浩司訳　サルトル全集第六巻　人文書院　一九七七年改訂初版）が一冊残されていました。「白井浩司が改訳するたびに買った」という開高健の『嘔吐』読書歴は若いころからきわめて長いのですが、蔵書にはこれ一冊。しかも一九七七年版という比較的後期のもののみ。

その折り込みのある本をはじめて手にしたときはおどろきました。p149 から p156 まで、文字面にすると八ページ分がなんとひとつの折り込みになっているのです。左下部分。

『嘔吐』は、白井浩司の解説（人文書院版をふくめて幾通りもあります）によると二十九歳のころ前身の「メランコリア」の執筆に着手、脱稿したのは一九三六年、「嘔吐」と改題されて刊行されたのは一九三八年、三十三歳のときということになります。

冒頭に「一九三二年一月二十九日　月曜日」という日付のある日記体の小説ですが、サルトル三十歳前後に書かれたというのにまず驚かされます。小説中に「もう三十歳だ」となげく個所もありました。（この一九三二年の日付にどんな意味があるのか。ネットで検索してみると「この年、この日」はソ連・ポーランド不可侵条約調印の日となっています。この条約は一九三九年、ナチス・ドイツとソ連のポーランド侵攻時に破棄されています。）

今回、開高健の蔵書の一冊として、読み主の折り込みのあるものとして、そうした目で通読して気づいたこと、忘れていたじぶんにあきれたこと、などありました。この本には個人的な思いがあります。通読したのはかぞえるほどですが、おりにふれてはひらき、感嘆と発見を得てきました。

昔むかしのはなしですが、わたしの通っていた高校は比較的自由な校風で、多彩な人士がいました。なかでも、所属していた登山部にひときわ変ったのがいました。高校生なのにりっぱな口ヒゲをはやし、下駄ばきに腰手ぬぐいの絵にかいたようなバンカラを全校でひとり、とおしていましたが、かれはいまかんがえると早熟だったのでしょう。生徒会長になり、定番の京都・奈良ではなく上高地や周辺の山々への山行を修学旅行として実現させたのもすばらしかった。女関係でも早熟だったようで、精妙な女陰描写をふくむ小説もどきが回覧でまわってきたのにはおどろきました。

そのかれがある日興奮してまくしたてたのが「ドアノブの怪」と「マロニエの異形」でした。ドアノブの一節は小説『嘔吐』のはじまってすぐのところにおかれています。

たとえば、私の手になにかふだんとちがったあるもの、パイプを摑んだり、フォークを握ったりするときの一種の方法がある。それとも、いまフォークがある種の握らせ方をすると言うべきかもしれない。さきほど自分の部屋に入ろうとしたとき、私は急に立止まった。それはつめたい物が手の中にあって、個性的なものによって私の注意を促したのを、感じたからだった。私は手を開いて眺めた。私はただ単に扉のノブを握っていたにすぎない。今朝、図書館で独学者が、私に挨拶をしにきたとき、彼がだれであるかを思いだすまでに、十秒ほどかかった。私は見覚えのない顔を、どうにか顔と言えるものを、眺めていたのだ。そしてまた、太い地虫のような彼の手が私の手の中にあった。私はすぐにそれを放した。するとその腕が物憂げに垂れた。(『嘔吐』 p8)

「フォークがある種の握らせ方をする」「どうにか顔と言えるもの」「太い地虫のような手」といった表現もじゅうぶん異様ですが、ここでなにかが起きている、この男に起きている、ひょっとするとてつもなく異様ななにかが起きるのをじぶんはこれから目撃するのかもしれない、という期待感。というより不安。文字どおり、世界が変って見えはじめる。変わったのは世界か、自分か?

そのままこの男――アントワーヌ・ロカンタン――の感覚と異様な眼は持続し、こんなところにまでいきます。

この瞬間は異常なものだった。私はそこに身動きせず、凍りついたようにじっとして、怖ろしい法悦に浸っていた。しかしこの法悦のさ中において、なにか新しいものがいましがた現われた。私は〈嘔気〉を理解し、それに精通したのだ。じつを言えば、私は自分の発見したものを、言葉に直したのではなかった。しかしいまとなっては、言葉にすることは容易だろうと思う。肝要なこと、それは偶然性である。定義を下せば、存在とは必然ではないという意味である。存在するとは、ただ単に〈そこに在る〉ということである。存在するものが現われ、〈出会う〉ままになる、しかし決して存在するものを〈演繹する〉ことはできない。これを理解した人はいると思う。……（同前　p205）

この一節にサルトルの「実存論」や「現象学」を見ることのできるひとはいるのだとおもいます。しかしどうもわたしはここに「詩」を感じてしまう。あるいは開高健のいう「ロマンティシズム」ともかようものかもしれません。

じつは手元にむかし読んだ別の版の『嘔吐』があり、若いころのじぶんの書き込みが残っていました。それをみると、当時のじぶんがこの作品のなかにサルトルの「哲学」の絵解きをもとめていたらしいことがわかります。しかし、いまならこう言いかえることができます。わたしはどうも、小説のなかに「哲学」を、哲学の中に「詩」を、音楽の中に「絵画」を、絵画の中に「音楽」をさがしてしまう傾向があるようなのです。

さきの「存在」についての思考はある公園――そこにはあのマロニエもある――でなされるのですが、そのあとにこうあってシビレました。

私は立上り公園をでた。柵のところまで行って振り返った。そのとき公園が私に微笑した。

……（同前　p211）

この小説は年金生活者で歴史叙述家であるアントワーヌ・ロカンタンという人物の日記の形式で一日一日、数時間数時間、なにかに「気づいてしまった」者の眼に世界はどういうふうにみえるか、それこそ「無」から「存在」が湧き出るように――噴出するように、「吐き気」をもよおさせるように――言葉の奔流となっておそってきます。サルトルは神を否定する者のようですが、開高健がよくいうように小説は「細部にこそ神は宿りたもう」必要があるとすれば、まさにこの小説はその条件をじゅうぶんすぎるほど満たしているとおもいます。

全体としては、

- 十八世紀の政治家らしいド・ロルボンという架空の宮廷人の伝記を書こうとしている主人公の、ロルボンについての書きかけの文章や資料をめぐるつぶやき。
- 筆者の否定的分身ともとれる「独学者」との、図書館内やキャフェでのやりとり。
- むかしつきあいのあったアニーという女性との、十年ぶりの再会とわかれ。

といったサブストーリーが多重奏で語られていて、その日記体がかえって全編に緊張感と「詩情」を高めているようで、わたしにとって最高の逸品です。この本とのつきあい自体は開高健に出会うまえにさかのぼりますが、こんかい読みなおして、はじめて手にした学生のころどこにまず惹かれたかおもいだしました。

こんな一節があります。「私」と情事をかさねるキャフェのマダムが服を脱ぎながらこういうシーンです。

「ねえ、ブリコっていう食前酒を知ってて？　今週それを注文したお客がふたりいたの。女の子が知らなかったので、あたしのところへたずねにきたわ。旅行者だったから、パリでそれを飲んだのよ、きっと。どんなものか知らずに買うのはいやだわ。かまわなかったら、靴下とらないわよ」（同前　p13）

わたしはこれほど女性に皮肉な観察の眼を向けつづける小説を読んだことがなかった。律儀に西洋の古典文学ばかりに手を出していたので、深窓の令嬢やら貞淑な人妻やらには免疫があったのですが、「靴下とらないわよ」にはたまげました。

そういうちょっと歪《いびつ》な読者として、でもこの小説の魅力を紹介する手はないものか。今回再読して、ある単語があちこちに顔を出すのに気づきました。〝冒険〟というのがそれです。

……私こそ、ほんとうの冒険《アヴァンチユール》を経験したのだ。それについて、細かいことはすっかり忘れてしまったが、個々の情況の間にあった厳密な連鎖を考えることはできる。私は多くの海を横切った。多くの町をあとにし、河を遡り、あるいは森に踏み入った。そしてつねに別の町へ向った。多くの女と関係したし、いやな奴らと喧嘩もした。しかし決してあと戻りすることがなかったのは、レコードが逆に廻転しないのと同じである。そしてこれらのことすべては、私を〈どこへ〉連れて行ったのか？　この現在の瞬間へ。この腰掛けへ。音楽が高鳴るこの光の泡の中へ。（同前　p38）

ところがこの多幸感はすぐ失われます。レコードの鳴っているあいだだけのことでした。

ロカンタンには「二年前の旅」の思い出があるようです。

- 樽の中で裸のからだを洗っていたカマイシ（釜石）の日本女性
- 全身の血を沼のように溜めて死んでいたロシア人
- アラビア人の常食であるクスクスの味
- 中東の町にただよっていたウイキョウの匂い
- ギリシアの牧人の口笛
- アルジェリアかシリアかモロッコの光

——記憶とも憧れとも判然としないおもい。またこうも書いています。

私は冒険を経験しなかった。一身上の変化や、出来事や、偶発的なことなど、お望みのものならなんでも経験した。しかし冒険を経験したのではなかった。……（同前　p59）

最初に点った光はカイユボット島の灯台であった。ひとりの少年が私のそばに立止って、うっとりとした表情で呟いた。「ああ、灯台だ」

そのとき私は自分の心が、大いなる冒険の気持でいっぱいになるのを感じた。（同前　p85）

もし私の記憶に誤りがないなら、それを人びとは時間の非可逆性と呼んでいる。冒険の気持というものも一口で言うなら、時間の非可逆性の気持と同じであろう。だがなぜ人びとはつねに冒険の気持を持たぬのであろうか。時間がつねに非可逆的ではないということだろうか。望み通りのこと、たとえば、敢然と進んだり、または後じさりすることが自由にでき、そうすることがわけないと思うときがある。それからまた、網目がつまっているとでも言いたいような時があり、その場合には、もうやり直しはきかないであろうから、失敗したらそれっきりなのである。（同前　p89-90）

そして決定的なのが、十年ぶりに再会したアニーとのやりとり。

そうだ、たしかにそうだ。冒険はないのだ――完璧な瞬間はないのだ……私たちは同じ幻影を失った、同じ道を辿った。……　（同前　p234-235）

そうつぶやくロカンタンにアニーはこう言います。

「それじゃあなたは、ちっともあたしと同じことを考えてはいなくてよ。少しも努力しないで、ただ、事物があなたの周りに、花束のように置かれていないことで愚痴を言ってるのね。しかし絶対にあたしはあなたのように多くのことを望んだわけじゃない。行動したかったのよ。あたしたちが冒険家を気取っていたとき、あなたはいつでも冒険が起きるのを待つ方、あたしはそれをこさせる方だったわね。あたしは行動的人間よ、と言ってたでしょう。覚えている？いまならただこう言うわ、人は行動的人間にはなり得ないって」（同前　p236）

ロカンタンは住んでいた街をはなれ、パリにむかう決心をします。古いレコードのジャズを聞き、黒人の歌い手と作曲者のことをおもうじぶんを肯定し、こんなことをおもうのです。

女が唄う。それで助かったのがふたりいる。ユダヤ人（引用者注・作曲者）と黒人の女だ。助かった人びと。多分彼らは、存在の中に溺れ、完全に駄目になったと信じていたかもしれない。しかし、私が彼らを考えるように、こんなに優しく私のことを考えてくれるものはだれもいない。ひとりもいない。アニーさえも考えてはくれまい。彼ら、作曲家と歌手とは、私にとって、いくらか死者のようであり、いくらか小説の主人公たちのようである。彼らは存在する罪から洗い清められた。もちろん、完全にというわけではない——しかし人間に可能な限りにおいてすっかり洗い清められた。この考えにたちまち私は圧倒される。なぜならそれ以上のことを望みもしなかったから。なにかがびくびくとして軽く私に触れるのを感じる。それが行ってしまうのが恐ろしくて、あえてからだが動かせない。それは私が長い間体験したことのなかったもの、一種の喜びである。（同前　p276）

そうしてロカンタンは一冊の書物、一篇の小説を書く決意をします。その本に対して「私」が感じる「わずかな明るさ」は感動的です。このとき「私」は一種の〝冒険〟に出るのだとおもえます。ロカンタンにとって「待つもの」だった冒険をとりもどそうとしているようにも見えます。しかし、過去のわたしはここに書き込みをしています。「かくして彼はまただまされた」。いまのわたしはこの書き込みを全否定します。

＊

開高さんが折り込んだ個所をみてみます。それは「月曜日」という項で、冒頭に、

私はもうロルボンに関する書物を書かない。お終いだ。もうそれを書くことが〈できない〉。私はこれからなにをして生きて行こうか。（同前　p148）

ここから数ページ、折り込まれた個所に展開されているのは、ロルボンについて書かない、書けない、ことについての詳細で、執拗で、残酷な省察です。「私」は机に向かって「極めて不吉

な噂が注意深く撒かれていた。」ではじまる四行のロルボンについての文章を書きます。ところが、十八世紀の政略家で醜い、しかし奇妙にもてるらしいこの人物についての記述が、異様なものに変化します。

この文章、それは私が考えたものだった。まずはじめにそれはいくらか私自身であった。いま、紙に記されたこの文章は、私に対して一個のブロックを形成していた。もうこの文章に見覚えがなかった。それを二度と考え直すことさえ不可能だった。それはそこに、私の眼の前にあった。だが、だれが書いたかを探索したところで無駄であったにちがいない。私以外のだれでもそれを書くことはできた。しかし私には、この〈私〉には、果してそれを書いたのが自分かどうか明瞭ではなかった。いまはもう文字は光ってはいず、乾いていた。輝きも消えてしまった。束の間の輝きからは、もはやなにも残ってはいなかった。（同前　p149）

もしこれを、「小説を書きあぐねている小説家」がじぶんのことのように読んだとしたら……。

ド・ロルボン氏は私の協力者だった。彼は存在するために私が必要だった。私は自分の存在を感じないために彼が必要だった。私は彼に原料を、どうしていいかわからなかったし、転売すべきだった原料を、すなわち存在、〈私の〉存在を提供していた。……私は彼を生存させる方法でしかなかった。彼は私の存在理由だった。彼は私から私自身を解放したのである。とこ

ろでいま、私はなにをしようか。(同前　p153)

数ページをいっしょに折り込んである、その状態を最初にみたとき、わたしに浮かんだのは〝封印〟ということばでした。蔵書にのこされた本じたいは経年劣化していて、読みあともあるにはあるのですが、数ページいっしょの折り込みは、その個所を読みかえすためには折り込みを解《ほど》かなければなりません。しかし、解いたりまた折り込んだりすれば折った個所のしわが深くなり、傷むはずです。読みかえしていないという証左のようにおもえます。

なにか封印したいとまでおもわせるものがこの数ページにあったとしたら——。

それは、じぶんの書いた文章を否定する、書くことを断念するまでに否定する、書き手としてのじぶんには致命的なものを含んだ個所だったのではないか。そうおもってしまいます。

開高さんは書くことに行き詰まるといろいろな験《げん》かつぎをするひとでした。万年筆をかえてみたり、インクをいれなおしたり、パイプをくゆらしたり、周りに「原稿があがるように祈れ！」と命じて歩いたり……。

ただ、封印したあと、書くことを断念するかしないかは、また別のことのようにおもいます。

＊

開高蔵書をめぐる散策はこれからもつづけていきたいですが、今回の最後に、「まえがきにかえて」でふれた小松清『ヴェトナムの血』についてわかったことを——。

開高健が小松清とホー・チ・ミンについて書いたエッセイがありました。〈グェン・アイ・クォックはホー・チ・ミンか?〉(《開口閉口》収録)。一九七五年四月三十日のサイゴン陥落をうけて直後に「サンデー毎日」の連載コラムに二週にわたって書いたものです。別の資料もつかってかなりくわしくホー・チ・ミンの経歴とその別人説について書いています。ホーは陥落前の一九六九年に七九歳でなくなっていますが、「北」の英雄でありつづけていました。

その開高エッセイのなかで『ヴェトナムの血』と小松について、こうあります。

……当時、小松氏は、不偏不党の中立的立場を守りつつヴェトナムのコミュニストとも、それと対立するナショナリストとも、おなじ親しさで交際し、フランスとヴェトミンのあいだに戦争が起ることのないよう、純粋に個人的な憂慮から、双方に依頼されて和平の交渉を一人でやっていたらしい。そのいきさつを半ばフィクションの形式で述べたドキュメントがこの作品である。ヴェトナム史は、複雑怪奇をきわめたものだが、ある重要な時期のユニークな証言として、今後かならずこの道の研究家に読まれつがれていく書物であろう。(〈グェン・アイ・クォックはホー・チ・ミンか?〉一九七五年)

小松の『ヴェトナムの血』は一九五四年に出版されたものですが、日本軍の占領から解放され、こんどは旧宗主国フランスから独立しようと対仏戦線(越盟=ヴェトミン)が活動していたころのはなしで、アメリカが加わったベトナム戦争後からみるとむかしのはなしのようにみえます。ただ開高健はこの本を終生、仕事場の机のうえの書列三十余冊（机上蔵書）のなかに置きつづけました。開高のエッセイには素娥《トーガ》への言及はありませんが、この本にはなにか、インスピレーションの元とか共感の泉、身近に置いておきたい理由があったのではないかとおもいたいところです。

開高健による折り込みは一か所、p105 の左下にあります。

その個所は、小松本の大テーマである「仏越和平交渉」の内実を、それにふかくかかわっている「和田」（小松の分身）が仲間の日本人残党たちに説明している場面になります。フランスと交渉すべきベトナム独立派のなかにある深刻な分裂――尊王攘夷的なコミュニストから王政復古派まで、二分、三分してにらみあっている――を和田は危惧しています。その分裂を乗り切れるかもしれないキーパーソンがホー・チ・ミン（小松はホー・チミンと表記）だというのです。そして、和田はこんなことをいいます。

「ホー・チミンが、フランス側の最後の切り札をどううけとり、どう裁いてゆくか、それは多分、今日の夕刻頃から、彼がぶっつからねばならぬ問題だろう。恐らく、シナ人のように老獪で、慎重な彼のことだから、ここ暫くの間、フランスの切り札を懐中で温めるようにしながら、ぼつぼつ用心深く側近の者や主な閣僚を呼んで相談するだろうね。あくまで打診といった形で、相手の顔色をじっと見ながら意見をきくだろうね。勿論、彼自身は、この話にのるかどうか、その答えを保留しながら、そっと何気なく当ってみるだろうね。だから、風向きが悪いとみてとれば、彼は涙をのんで、フランスの提案を断わるということになるだろう。ホーは巧みに乗ったり、波をくぐってゆく型の政治家だが、大勢に逆らっても、自分の信念を強引につらぬく型の政治家じゃない。そうぼくはみている」（『ヴェトナムの血』p105）

なぜホーについて和田がこれだけのことを述べられるかというと、かれはフランス留学時代にソ連にわたるまえのホー（当時はグェン・アイ・クォックと名のっていた）と交流があったからです。そしてながい没交渉のあとベトナムで再会したとき、和田はつよい違和感をおぼえたといいます。このホーという人物はあのグェン・アイ・クォックなのだろうか？　身長までちがうような気がするが……。

このホー・チ・ミン別人説について開高健がどのていど信をおいていたか、そのエッセイではさだかでないですが、『ヴェトナムの血』にある折り込みはホー・チ・ミンについてのやりとりの個所です。そのすこしまえにはこんなせりふがありました。

「……（引用者注・ベトナムの）北部までが戦場になると、ホー・チミン政府はまたまた元通り、奥地のジャングル地帯に這入ってしまうだろうが、それから先きの越南《ヴェトナム》はどうなるか、そのことがひどく気にかかっていただけだよ。それから先きの越南には、恐らくフランスを後楯にした親仏傀儡政権のようなものが生れるにきまっている。そうなると越南は二つの政府にわかれ、国民も二つの陣営で対立することになろう、そして独立の代りに兄弟相喰《あいは》む内乱ということになる、ぼくはそれを何よりも懼れているのだ。……」（同前　p103-104）

歴史はほぼこの「懼《おそ》れ」のとおりにながれていきます。

開高健と小松清をむすびつける「素娥《トーガ》」というベトナム娘のラインを、ここでひっぱってみようとおもいます。この名前は小松作品と《輝ける闇》をむすびつけるだけでなく、もうひとつの、《闇》の祖型となる作品にもつながります。

小松が書くところによると、素娥はもと共産系の越盟党（ヴェトミン）の若い党員でしたが、最初は党からの命令で和田の監視として近づいて肉体関係をもった。だがしだいに和田に惹かれ、和田の和平交渉への独特な働きに協力するようになります。

和田にとっても素娥の存在は変化していきます。

独立派の一派から暗殺されそうになった和田は、かくれがで素娥と会い、情報をうけとります。

素娥の話をききながら、落着き払った冷静さを装ってはいたが、和田の心にはテロの不安が潮騒《しおさい》のように波立っていた。彼は、いままで幾人となく越盟《ヴェトミン》のテロの手で殪された越南《ヴェトナム》人のナショナリストたちのむごい屍体を想いおこした。そのうちの一人――和田は、この男を若年の弟のように目をかけてやっていたが――は蜂の巣そっくり、全身に弾をうけていた。病院の解剖室で、全裸のままの酷い姿を見た。顔にも二、三弾はいったとみえて、片方の眼窩は血塗れの孔になっていた。弾がさく裂して痕《あと》かたもなくなった口のあたりに、噴きだしたまま凝固した血の塊り、その奥に、いくつかの歯がのぞいていた。その血の泌《にじ》んだ歯の列びが、いまふと、和田の瞼に灼《や》きつくように泛んできた。

――俺も、いつ何時《なんどき》こんな姿になるかも知れない。もう幾時間かのち、いや、或はもっと早く、この隠れ家を襲われるかも知れない。それとも明日の朝、ハノイに行く途中、右も左も水田つづきしかない街道で襲われるかも知れない！　それでおしまいだ。俺の生命《いのち》といっしょに、何も彼もすべてが終りだ！　今ここに、俺と寝ている女も！　世界の何も彼もが生きているのに、どうして俺だけが未来永劫に消えてなくならねばならぬのだ！（同前　p232）

和田は「女体のうちに自分を忘れ、不安から逃げようとし」て、素娥のからだを力いっぱい抱きしめます。使命感をもって政治的な工作をすすめながら、同時に迷いと恐怖のうちにある和田の情動を、素娥は一身にうけているようにみえます。

《輝ける闇》の原形といわれる長編小説があります。「朝日ジャーナル」に連載された《渚から来るもの》です。《闇》の刊行の十二年後、角川書店から函入りの単行本としてでました。

開高健は生前この作品についてほとんど言及していません。盟友・谷沢永一によると、この連載作品があまりに《輝ける闇》の祖型にみえるため、《輝ける闇》を「書き下ろし特別作品」としてあつかってよいのかという声があったそうです。わたしの手元にある《渚》は開高さんから贈呈をうけたものではなく、じぶんで購入したもの。当時は著作がでるとすぐサイン入りでくださるのが恒例でしたから、ヘンだなとはおもいながらながく放置してしまいました。

このたび《輝ける闇》の祖型として目をとおして、いくつか気づいたことがあるので報告しておきます。

《渚から来るもの》(=以下《渚》)は《輝ける闇》(=以下《闇》)の倍ほどの分量があり、構成じたいもおおきく変えられていて、人物設定にも違いがあります。たとえば《闇》で重要な登場人物の一人であるアメリカ兵のウェイン大尉は、《渚》ではアゴネシア人(=ベトナム人)となっています。《闇》で最重要な一句である「森は静かだった。」という地の文は、《渚》ではなんと「森がにぎやかだ」という別の人物のせりふになっています。寓話性をたかめるためか、ベトナムという国名をアゴネシアという架空の国に変え、地名も架空のもの、北と南を「西」と「東」に変えるなどしています。

見逃せないのは、「渚」の第四章のタイトルが「輝ける闇」であることです。

全体に、観察や取材のあとが読みとれるものがならべられている感があり、政治論議や文学談義、イデオロギー論争や自身の「迷い」などがストレートに書かれているナマな感じがさいごまで抜けません。

取材記者として戦争状態の国にやってきたじぶんについて。

……人はついに他人を理解できないのではないか。煮えもせず凍結もしない私は、まるで最前線のように第三地帯を許さないらしいこの場で、何物にも属さず、漂い、眺め、歩いている。どんな〝政治的立場〟からもはなれた原形質としての人間そのものについての茫漠とした地帯もあるはずなのに、そこからすら、私は、離脱、漂流しているのではあるまいか。（《渚から来るもの》一九六六年連載）

いわば《渚》は、《闇》という極上の酒になる「醸成」過程のどこかに位置する作品。開高健の手になる「醸成」とはどういうものか、それをたどれる貴重な資料とみることもできるでしょう。開高さんにとっては見せたくなかった工程かもしれませんが、週刊誌上にすでに発表されていることもあり、刊行を黙認したのではないでしょうか。

ただ、その醸成の過程を分析するのはわたしの手にあまるので、ここでは〝糸〟をひっぱるだけにします。つまり、素娥がどうあつかわれているか。

通訳チャンの妹というところは変わりありませんが、《闇》ではキャバレーのおんな、《渚》でははじめから娼婦ということになっています。

素娥《トーガ》のようすは《渚》の「私」からみるとこうです。

ある朝、ドアをかるくたたく音がしたのでノブをひねってみると、素娥《トーガ》が佇んでいた。彼女は微笑しながら部屋のなかへ入ってくると、手に持っていた紙きれを私にわたした。朝の陽のなかで彼女を見るのはそれがはじめてだったが、むざんに蒼ざめて、まるで凌辱をうけたあとのようだった。夜の箱のつらい暮しがそこかしこに荒い爪跡をつけ、まさに彼女は廃墟に佇んでいた。ただ額や頬に射す微笑だけが、酒場の赤い灯のなかで漫画を覗きこんでくすぐったそうに笑っている娘を、かろうじて思いださせてくれた。(同前)

あとではげしい性愛場面――《闇》での素娥との交歓描写を知る者からみればいくぶんひかえめ、ですが――もありますが、そこには「狂暴な荒涼に私はひしがれていて、彼女の素朴さを破壊することによろこびをおぼえた。」というような一句もはさみ込まれています。素娥は《渚》の段階ですでにどこか、凌辱されている国＝ベトナムのありようを連想させる存在にみえます。

《渚》とくらべると《闇》における「素娥の存在感」は格段に増しています。著者は完全に方向転換をしているのです。あたまから書きなおし、章立てをこわして「　月　日」という日記体につくりかえ、談義や論議を刈り込み、寓話的な仮名をやめ、素娥《トーガ》の描写と交歓場面を大はばにふやし、小説の肌ざわりを一変させています。

彼女は素朴で稚く、いつまでもためらっていた。いつもそうなのだ。はじしらずが私をそそのかす。とつぜん私は彼女の濡れた暗い口に鼻とくちびるを埋め、あらがう彼女に私を握らせ、しゃにむに吸わせた。彼女はおずおず従った。腿が弓のようにしなってひらいた。シーツが炉さながらに白熱した。私は起きなおって姿勢を正してから一挙に浸透した。(《輝ける闇》一九六八年)

小松清は素娥《トーガ》を、追い詰められた「和田」のいのちの逃げ場のように書きました。かれがこの一連の体験や秘話を小説のかたちで書こうとした意図の一つに、実際のベトナムでの素娥のモデルの存在があったのではないかと、これは〝歪な読者〟の邪推ですが、では開高健がじぶんの小説の登場人物のベトナム人女性に小松の小説からわざわざ女性名を借りたのはなぜでしょう。わたしはそこに小松作品にたいする開高健のオマージュがあるだろうと書きましたが、それだけではないのかもしれません。

開高健は《渚》で素娥という名前の由来を老学者に聞く場面を書いていて、この場面はほとんどおなじかたちで《闇》にものこされています。こんな一節です。

……越漢辞典編集という時代離れした仕事にふけっている老学者を郊外の藁小屋に訪ねたときに私は《トーガ》が《素娥》だと教えられた。老学者は《素》をさして白い絹糸だといい、

《娥》をさして蝶の精だといった。それで私は《トーガ》の意味を知ったのだった。……（同前）

白い絹の蝶の精――。サイゴンの街角でおりにふれて「素娥」の意味をたずねてまわった結果だったとかんがえても不自然ではないのではないでしょうか。

付録

＊「開高健作品の基礎知識」「ある「開高健」年譜」は、筆者が集英社の季刊誌「kotoba」二〇一四年秋号の【没後25年記念特集】〈開高健　その豊饒なる文章世界〉のために制作した記事二本（文責＝筆者）をベースに、本書に関連する事項を補ったものです。
＊開高作品の表記は本文にならい、開高著作そのものは《　》、その中の章名、もしくはエッセイや短編小説名は〈　〉、雑誌名は「　」としました。
＊年号など一部数字を漢数字になおした個所があります。

開高健が読んだ本詳細リスト

＊開高による「折り込み」を追体験するには東京・杉並の「開高健記念文庫」で現物にあたるか、同じ本をさがし、折り込み個所を共有するのもひとつの方法。以下の引用元データ（開高言及本含む）のうち、折り込みのある書籍のプロフィールを大きめの太字で記載し、本の同定に必要な場合は蔵書の「版」や「刷」を併記してあります。
＊その他の引用本は、以下、章内登場順。ページ表記は引用個所を、その下にある「左上」などは折り込み個所を示しました。カッコ類の表記は本書本文にならい、年号は西暦に統一しました。

まえがきにかえて

●『ヴェトナムの血』小松清著　河出書房　一九五四年七月二十五日発行

第〇・五章　この森の歩き方

●「朝食」ジョン・スタインベック著（『スタインベック短編集』大久保康雄訳　新潮文庫　一九五四年八月初版発行　＊折り込みはナシ／邦訳題は「朝めし」）

●『チャップリン自伝』チャールズ・チャップリン著（中野好夫訳　新潮社　一九六六年十一月

初版発行　＊折り込みはナシ／現行の新潮文庫版は中里京子訳）
●〈飲む〉→《完本　白いページ》潮出版社　一九七八年六月二十五日発行　引用＝p9
●〈『チャップリン自伝』㈠〉→《言葉の落葉 Ⅲ》冨山房　一九八一年七月二十五日第一刷発行　引用＝p155-156
●〈心はさびしき狩人〉→《言葉の落葉 Ⅰ》冨山房　一九七九年十一月二十五日第一刷発行　引用＝p236-237
●〈本と私〉→《白昼の白想》文藝春秋　一九七九年一月十五日第一刷発行　引用＝p144

第一章　はじまりのベルリン

●**『ベルリン日記　1934-1940』ウイリアム・シャイラー著　大久保和郎・大島かおり訳　筑摩叢書**　一九七七年初版第一刷発行　引用＝p9, p11, p469, p80, p81 左下, p185, p204
●《オーパ！》開高健著　写真・高橋曻　集英社　単行本一九七八年十一月一日初版発行
●「PLAYBOY日本版」（月刊プレイボーイ）集英社　一九七五年～二〇〇九年　引用＝一九七六年二月号
●〈『屋根裏の独白』後記〉→《言葉の落葉 Ⅰ》引用＝p166
●〈若きヒトラーの夢想〉→《言葉の落葉 Ⅰ》引用＝p174-175
●〈弁解にならぬ弁解〉→《言葉の落葉 Ⅰ》引用＝p85
●〈森と骨と人達〉→《開高健短篇選》岩波文庫　二〇一九年一月十六日第一刷発行　引用＝

p333-334
・《夏の闇》開高健著　新潮社　単行本一九七二年三月十五日第一刷発行　引用＝p160, p163

第二章《オーパ！》のほとり

・《食卓は笑う》開高健著　新潮社　単行本一九八二年十二月一日　引用＝p9-10
・**『ヒトラー・ジョーク　―ジョークでつづる第三帝国史―』関楠生編訳　河出書房新社**　一九八〇年七月二十五日初版発行　引用＝p176, p76, p141 各頁下
・《オーパ！》引用＝単行本 p28, p24-25, p26, p28-29
・《直筆原稿版 オーパ！》二〇一〇年四月三十日第一刷発行　引用＝p9
・**『アマゾン河　―密林文化のなかの七年間―』神田錬蔵著　中公新書**　一九六三年三月五日初版発行　所蔵は一九七六年九月二十日三十版　引用＝まえがき, p18, p25-26, p125 左下
・《オーパ！》引用＝p109-110, p110, p110-111, p52
・〈旅は男の船であり、港である〉→《地球はグラスのふちを回る》開高健著　新潮文庫　一九八一年十一月二十五日発行　引用＝p289-290
・**『緑の館　―熱帯林のロマンス―』W・H・ハドソン著　柏倉俊三訳　岩波文庫**　一九七二年十一月十六日第一刷発行　所蔵は一九七五年九月三十日第三刷　引用＝p198-199, p80-81, p284-285

第三章　かわうそとサケと宝石

●《書斎のポ・ト・フ》開高健・谷沢永一・向井敏　潮出版社　一九八一年九月二十五日発行　引用＝単行本 p178-179, p179

●『**かわうそタルカ**』**ヘンリー・ウィリアムソン著　順子・ホーズレー訳　福音館書店**　一九八三年六月二十五日初版発行　所蔵は一九八三年十一月十五日二刷　引用＝p5-6, p233, p25, p88, p89 左下

●《フィッシュ・オン》開高健著　写真・秋元啓一　朝日新聞社　一九七一年二月二十八日第一刷発行　引用＝単行本 p17, p21

●《海よ、巨大な怪物よ　―オーパ、オーパ!! アラスカ篇―》開高健著　写真・高橋曻　集英社　一九八三年四月二十五日第一刷発行　引用＝単行本 p45-48

●《王様と私　―オーパ、オーパ!! アラスカ至上篇―》開高健著　写真・高橋曻　集英社　一九八七年二月二十五日第一刷発行　引用＝単行本 p56

●《宝石の歌　―オーパ、オーパ!! コスタリカ篇スリランカ篇―》開高健著　写真・高橋曻　一九八七年十一月二十五日第一刷発行　引用＝単行本 p112, p121

●『**春山行夫の博物誌 Ⅳ　宝石 ②**』**春山行夫著　平凡社**　一九八九年八月四日初版第一刷発行　引用＝p82 右下, p83

●《珠玉》開高健著　文藝春秋　一九九〇年二月十五日第一刷発行　引用＝単行本 p38-39

第四章　うしろ姿と草原

- 《王様と私》　引用＝単行本 p120-121, p127, p138-139, p137
- 〈E・ヘミングウェイの遺作『エデンの園』を語る〉→《開高健の文学論》開高健著　中公文庫　二〇一〇年六月二十五日初版発行　引用＝p375-376, p380, p381-382
- **『ヘミングウェイ釣文学全集　上巻・鱒』アーネスト・ヘミングウェイ著　谷阿休訳　朔風社**　一九八二年十月二十五日第一刷発行　引用＝p182
- **『ジンギスカン』ラーフ・フォックス著　由良君美訳　筑摩書房**　一九六七年六月二十五日第一刷発行　所蔵は一九八八年七月三十日発行の新装版第一刷　引用＝p8, p32, p119 左下, p118, p135 左上, p134, p258 大きく三つ折り
- 《国境の南　―オーパ、オーパ!! モンゴル・中国篇―》開高健著　写真・高橋曻　集英社　一九八九年四月十日第一刷発行　引用＝単行本p16-17, p33
- 「PLAYBOY日本版」一九九〇年三月号
- 《花終る闇》開高健著　新潮社　一九九〇年三月三十日発行　引用＝単行本 p8, p9
- 《破れた繭　耳の物語＊》《夜と陽炎　耳の物語＊＊》開高健著　新潮社　一九八六年八月一日初版発行　＊折り込みはナシ

第五章　めまいのする冒険

- **『コン・ティキ号探検記』トール・ヘイエルダール著　水口志計夫訳　筑摩叢書**　一九六九年

七月二十四日初版第一刷発行　所蔵は一九八三年二月二十日第十三刷　引用＝p61, p61-62, p49-50, p96, p97 左下, p73-74

- **『嘔吐』 J＝P・サルトル著　白井浩司訳　「サルトル全集　第六巻」人文書院**　一九五一年二月十五日初版発行　所蔵は一九七七年四月二十日改訂初版　引用＝p149-156 折り込み, p8, p205, p211, p13, p38, p59, p85, p89-90, p234-235, p236, p276, p148, p149, p153
- 〈原石と宝石〉→《開高健全対話集成7　群集の中の孤独》潮出版社　一九八三年四月十日初版発行　引用＝p200-201
- 〈サルトル『嘔吐』〉→《白昼の白想》開高健著　文藝春秋　一九七九年一月一日発行　引用＝p15
- 〈サルトルと「五月革命」〉→《白昼の白想》　引用＝p70
- 〈グエン・アイ・クォックはホー・チ・ミンか〉→《開口閉口》開高健著　新潮文庫　一九七九年十二月二十五日発行　引用＝p108-109
- **『ヴェトナムの血』 小松清著　河出書房**　一九五四年七月二十五日発行　引用＝p105, p105 左下, p103-104, p232,
- 《渚から来るもの》開高健著　角川書店　一九八〇年二月十日初版発行　引用＝単行本 p151, p120
- 《輝ける闇》開高健著　新潮社　一九六八年四月三十日発行　引用＝単行本 p74, p115

開高健作品の基礎知識

いまこの作家の文業を読みなおすなら、まずこの四十作品から――。その古びない文章世界をご案内します。

＊アオリとは編集サイドがつける、その書物の案内や宣伝文句のことです。
＊以下「アオリ」および「この一節」選定ともに文責＝筆者。
＊文庫については二〇二〇年現在の情報です。各版元から電子書籍化されているものもあり、《開高健　電子全集》全二十巻（小学館）には以下のほとんどが収録されています。

【小説・フィクション篇】

パニック
巨人と玩具
裸の王様

【作品データ】
一九五七年、〈パニック〉は「新日本文学」、〈巨人と玩具〉〈裸の王様〉は「文學界」に掲載／単行本＝《裸の王様》文藝春秋新社（一九五八年）／文庫＝三作とも新潮文庫《パニック・裸の王様》、岩波文庫《開高健短篇選》所収／映画化＝『巨人と玩具』（監督・増村保造　一九五八年）

【アオリ】
ネズミの大発生の新聞記事から発想された文壇デビュー作〈パニック〉。製菓会社の宣伝マンの視点からマス・マーケティング勃興期の現象を描いた〈巨人と玩具〉。自分を縛りがちな男の子を画の力で救い出そうとする画塾教師の話〈裸の王様〉

（芥川賞受賞作）。自分の〝外〟に物語を模索する開高健の、出発点と方向がここにある。

【この一節】

●まるで画を描こうとしない子供のこわばりをぼくはいままでに何度かときほぐしたことがある。ぼくはある少年を仲間といっしょに公園につれていった。この子は幼稚園でぬり画ばかりやっていたので、太郎とおなじように自分で描くことを知らない、憂鬱なチューリップ派だった。ぼくは地面にビニール布をひろげ、あらかじめ絵具や紙や筆を用意してから、彼といっしょにブランコにのった。はじめのうち、彼はすくんでおびえていたが、何度ものったりおりたりしているうちに昂奮しはじめ、ついに振動の絶頂で口走ったのだ。

「お父ちゃん、空がおちてくる」

彼を救ったものはその叫びだった。一時間ほど遊んでから彼は画を描いた。肉体の記憶が古びないうちに描かれた画は鋳型を破壊してはげしいうごきにみちていた。——〈裸の王様〉

日本三文オペラ

【作品データ】

一九五九年「文學界」連載／単行本＝文藝春秋新社（一九五九年）／文庫＝新潮文庫

【アオリ】

戦後混乱期の大阪、広大な旧陸軍工廠跡に眠る莫大な鉄材を盗んでカネに換えようとする泥棒集団・アパッチ族。そこに紛れ込んだ男の眼から見たこのアウトローたちの、圧倒的なエネルギーと破れかぶれな生態が躍動する、開高健が二十歳代で書きあげたピカレスク長篇。

【この一節】

●「見るかね」

「いや、顔だけでよろしおま」

「背骨が折れたんだ。肋骨も二本つぶれてる。せんべいだわな」

「……」

「圧延でやられたのかな」

「いや、これは、アパッチ族なんで」

キムの答えに医者はちらと頬に表情を走らせたが、そのまま黙って木のサンダルを鳴らしながら解剖室をでていった。キムとフクスケはつめたい薄暗がりのなかに佇んで、木のように変色してしまった、顎のたくましい、若い男の顔をぼんやりと眺めた。寝台のよこのサイド・テーブルには油と泥と錆のしみだらけになったズボンがだらりとぶらさがり、バンドがわりに使っていた荒縄が、きちんとそろえた地下足袋のうえにおちてとぐろを巻いていた。

「……ほんまにこの男」

キムがひくい声で灰いろの光霧のなかでつぶやくのが聞こえた。

「なんちゅう名前の奴やったんやろか」　――《日本三文オペラ》

流亡記

屋根裏の独白

【作品データ】

一九五九年、〈流亡記〉は「中央公論」、〈屋根裏の独白〉は「世界」に掲載／単行本＝ともに《屋根裏の独白》（中央公論社）所収（一九五九年）／文庫＝〈流亡記〉は新潮文庫《パニック・裸の王様》、集英社文庫《流亡記／歩く影たち》所収

【アオリ】

秦の始皇帝が築き始めた万里の長城。その建設に狩り出された一平民である〝私〟が、戦争と戦後、専制下の日常と〝歴史〟を語り出す〈流亡記〉。二十世紀初頭のウィーンで悲惨な貧困のもと、鬱屈した偽画学生生活をおくる若きヒトラーがいきなり語り出す〈屋根裏の独白〉。ともに、時間的にも空間的にもかけはなれた設定のうつわに若い想像力をたたき込んだ、いずれも初期の〝異形の〟問題作。

【この一節】

●城壁の改修作業は季節を問わずにおこなわれた。少数の役人と、富商と、豪農をのぞく町の住民は子供から老婆におよぶまでみんなはたらいた。その日は、畑仕事、商取引、家事、午睡など、すべてが禁じられた。城外の畑へ黄土をとりにゆく牛車のきしみと、長い苦しい午後。少年時代から青年時代にかけて出会った数知れぬ労働日を私は忘れることができない。学校は休みになり、私たちは歓声をあげて城壁のうえを走りまわり、父の怒張する背の筋肉の地図に見とれたり、炊きだしをする母の着物にしみる火の匂いをおぼえたりした。腕に筋肉がつくようになると、私も仕事場にたった。建築法は曾祖父以来すこしもかわらない。土をはこび、水を汲み、木枠をつくり、煉瓦をつむ。仕事の糸はばらばらにほぐされて全住民に配られたが、体を起せばいつでも日光と汗と叫声のなかにその全貌を見ることができた。　――〈流亡記〉

ロビンソンの末裔

【作品データ】

一九六〇年「中央公論」連載／同年単行本化＝中央公論社

【アオリ】

北海道の入植者募集に応じた一家が身ひとつで上野から夜行列車に乗る。ところが青函連絡船の船中で終戦となり、様相は一変。事前の約束は霧消し、開拓団はちりぢりになって奥地へ入る。あてがわれたのは熊笹が一面に生い茂る酸性土の原野で、戦後期の混乱と開拓の苦闘に同時に対することになった一家と

その仲間は……。実際の体験談をもとに、若い開高健が想像力と筆力をおもいきり解き放った、日本人と日本社会の〝今〟に通じる力作。

【この一節】

夜のおそろしさというものを北海道のここに来て、やっと知ることができました。黄昏がたまらなく心細いのです。朝から午後いっぱいは夢中になって熊笹の根やら石などを相手に汗を流しているのですが、そのうち午後おそくなってくると、手を土につっこんだとたんに土が冷えはじめる瞬間があり、爪のあいだにまざまざそれがわかるのです。血のようにいままで土のなかに流れ、ただよっていた陽が、とつぜんぬけていくのです。やがて背が冷え、首筋がつめたくなり、いくらはげしくはたらいてもだんだん汗がでなくなります。まわりにおしよせ、音をたてていた熊笹の茂み、息、土、山、空、風など、すべてのものがとつぜん遠ざかり、凍えたようにうごかなくなります。そして、つぎに気のついたある瞬間、どこからともなく夜がおしよせてくるのです。　――《ロビンソンの末裔》

片隅の迷路

【作品データ】

一九六一年「毎日新聞」連載／単行本＝毎日新聞社（一九六二年）／映画化＝『証人の椅子』（監督・山本薩夫　一九六五年）

【アオリ】

「徳島ラジオ商殺人」として日本の冤罪史に残る事件（一九五三年発生）をモデルにした、開高健唯一の新聞連載小説。関係者に取材し、構成した社会派小説のスタイルだが、後のルポルタージュ文学に通じる文体で細部が書き込まれ、警察、検察、司法、マスコミを巻き込んだ冤罪というものの怪物じみた姿が立ち上ってくる（犯人とされた女性には、その死後の一九八五年、再審で無罪が言い渡されている）。

【この一節】

●彼女（注・娘の竜子）にはこの事件がなにか一匹のいきもののように思えてならなかった。昨年の冬、とつぜんあらわれて父を殺し、そのまま眠りこんでしまった、なにか、霧のなかの一匹のいきもののように思える。人びとは霧のなかをかけまわり、手さぐりで進んだ。ときどきけものの足や尾につきあたった。何人かの容疑者があらわれ、一本の匕首についてみんなしゃべり、二人のヤクザが逮捕された。けど、けものの頭や胴はあらわれなかった。一本の匕首をのこして容疑者はみな釈放された。　――《片隅の迷路》

青い月曜日

【作品データ】

一九六五年～（途中ベトナム取材で中断）～六七年「文學界」連載／単行本＝文藝春秋（一九六九年）／文庫＝集英社文庫

【アオリ】

〝内〟よりも〝外〟で生きようとしてきた開高健が初めて挑んだ自伝的長編。中学一年生で父を失った主人公が戦中、戦後の焼け跡・闇市的世界を懸命に生き、年上の女詩人と同棲し子どもが生まれるまでを描いているが、その内面の物語は切なくも瑞々しい。連載の途中でベトナム戦争取材が入り、第一部と第二部で「音楽が変ってしまった」と後記に自身で記した、開高健の画期をなす作品。


【この一節】
●ついこの八月まで私は大阪のどこにもこういう人たちを見たことがなかった。けれど、三ヵ月か四ヵ月たった、いま、この人たちは、どこからかあらわれた。それまでどこにどうしていたのかわからないが、どこからかあらわれたのだ。もう何十年もこうしてつづけてきたのだといった顔つきで電車にのり、微笑をし、目くばせをし、いんぎんにあいさつしあう。どんなに防いでもどこからか入りこんでくるなにかの細菌のようではないか。闇市の大群衆を見るときよりも私はこの人たちを見て深くおびえた。闇市は私を解放し、珍奇さでおどろかせ、かずかずの奇蹟を見せてくれ、赤裸さと自由さで生の苛烈を示してくれた。けれど、この人たちは、いんぎんで、静かで、おとなしく、無力なくせに、どこか傲慢冷酷、容赦ないところがあった。ゴム長で石油罐いっぱいの札を踏みつけていた娘に私はおびえるよりも、このサラリーマンたちにどれほどおびえたことか。

——〈手から口へ〉《青い月曜日》

兵士の報酬
戦場の博物誌

【作品データ】

〈兵士の報酬〉一九六五年「新潮」掲載、〈戦場の博物誌〉一九七九年「文學界」連載／単行本＝ともに《歩く影たち》新潮社（一九七九年）／文庫＝〈兵士の報酬〉は岩波文庫《開高健短篇選》に、二作とも集英社文庫《流亡記／歩く影たち》所収

【アオリ】

ベトナムから帰還した年に発表された、開高健ベトナム小説群の最初の短編、一人のアメリカ兵とのやりとりが戦場の余熱を発散する「兵士の報酬」。その十四年後に書かれた短編〈戦場の博物誌〉では、世界各地で目にしたハゲワシ、カモシカ、ラクダといった生物たちを軸に、〝まじまじと眺め〟られた飢餓と生と死が描かれる。


【この一節】
●ほとんど毎日のようにこの地区では運河ごしに銃撃戦、砲撃戦、空中戦が繰りかえされ、ときには運河をわたって特攻隊が攻めこんだりする。空爆も特攻隊も電撃作戦であることが特徴で、ヒット・エンド・ラン方式、ひそやかに浸透し、すばやく破壊し、たちまち引揚げるという小戦闘を繰りかえしていた。

これらを一括して、〝オペレーション・ティット・フォー・タット（しっぺ返し作戦）〟と呼ぶのだけれど、あまりに連続しておこなわれるので、どの作戦がどの被害のためのしっぺ返しであるのか、けじめのつけようがなくて、ただ朦朧となるばかりであった。　――〈戦場の博物誌〉

輝ける闇

【作品データ】

一九六八年、〈純文学書き下ろし特別作品〉として単行本＝新潮社／文庫＝新潮文庫

【アオリ】

ベトナム戦争は終わった。だが、日本の小説家が飛び込み、地べたを這いずりまわり、五官のすべてを動員して得た人間観察の総体、人間への絶望と希望は、その視線が人間と自省から離れなかったために古びない。「誰も殺せず、誰も救えず、誰のためでもない、空と土のあいだを漂うしかない或る焦燥のリズムを、亜熱帯アジアの匂いと響きと色のなかで私は書きとめてみたかった。」（著者の言葉より）

【この一節】

●私はただ引金が引いてみたかった。満々たる精力をひそめながらなにげない顔をしているこの寡黙な道具を私は使ってみたかった。憎しみからでもなく、信念からでもなく、自衛のためでもなく、私はらくらくと引金をひいてかなたの人物を倒せそうであった、一〇〇メートルか一五〇メートルくらいのものである。たったそれだけ離れるともう人は夜店の空気銃におとされる人形とおなじに見えてくる。渇望がぴくぴくうごいた。面白半分で私は人を殺し、そのあと銃をおいて、何のやましさもおぼえずに昼寝ができそうだ。たった一〇〇メートル離れただけでビールの罐でもあけるように私は引金がひけそうだ。それは人殺しではない。それはぜったい罪ではなく、罰もうけない。とつぜん確信があった。かなたの人物もまた私に向っておなじ心をうごかしているにちがいない。この道具は虚弱だ。殺人罪すら犯せぬ。　――《輝ける闇》

夏の闇

【作品データ】

一九七一年、「新潮」掲載／単行本＝新潮社（一九七二年）／文庫＝新潮文庫

【著者自身によるアオリ】

「この下腹の柔らかい時代には甘い生活にふけることしかできない心がある。けれど懈怠《けたい》の末にその心が自身に形をあたえようとして何かを選ぶ午後もある。その飽満と捨棄《しやき》を私はこの作品でさぐってみたかった。これまで書くことを禁じていたいくつかのことをいっさい解禁してペンを進めた。これを〝第二の処女作〟とする気持で、四十歳のにがい記念として書いた。こ

の作品で私は変った。」（著者のことばより）

【この一節】

●はじめての町にいくには夜になって到着するのがいい。灯に照らされた部分だけしか見られないのだからそれはちょっと仮面をつけて入っていくような気分で、事物を穴からしか眺めないことになるが、闇が凝縮してくれたものに眼は集中してそそがれる。翌朝になって白光が無慈悲、苛酷にどんな陳腐、凡庸、貧困、悲惨をさらけだしてくれても、白昼そのままである状態に入っていったときよりは、すくなくとも前夜の記憶との一変ぶりにおどろいたり、うんざりしたり、ときにはふきだしたくなったりするものである。白昼に到着しても夜になって到着しても、遅かれ早かれ、倦怠はくるのだから、ひとかけらでもおどろきのあるほうをとりたい。——《夏の闇》

新しい天体

【作品データ】

一九七二年、「週刊言論」連載／単行本＝潮出版社（一九七四年）

【アオリ】

作品ごとに新しい表現に挑戦し続けた開高健が、美味・食味という〝新しい天体〟を得て、文体の実験と観測を試みた快作。「相対的景気調査官」である架空官僚の〝彼〟が各地、各所、各店、屋台まで食べ歩いて報告するスタイルをとって、その舌の冒険を描き尽くす小説風ルポ、著者によれば〝食味随筆〟。変わらぬ官僚社会への皮肉と開高流ユーモアも全開。

【この一節】

●神戸のタコ焼き屋でちらと耳にはさんだフウマ先生という人物は全日本にさびしさがひろがっていると指摘したそうだが、それは鋭い名言であること、その深さ、その簡潔、先鋭、すべて胸にくる。しかし、彼としては、このさびしさはこれほどありありとしていながらまだ命名されてもいなければ位置もあたえられていないものなのだとつぶやきたかった。これほどあらわなのにこれほど匿名でもある感情を、しみこむような、ヒリヒリするようなその感触を、しばらく彼は知らなかった。ほとんど毎日そればかりさらされていると感知しているためにかえって何も感知していなかったのだと思いあたるのだった。

——《新しい天体》

ロマネ・コンティ・一九三五年

玉、砕ける

【作品データ】

〈ロマネ・コンティ・一九三五年〉は一九七三年「文學界」掲載。〈玉、砕ける〉は一九七八年「文藝春秋」掲載／単行本＝二作とも《ロマネ・コンティ・一九三五年》文藝春秋（一九八六年）所収／文庫＝文春文庫。〈玉、砕ける〉は岩波文庫《開高

健短篇選》、集英社文庫《流亡記／歩く影たち》にも所収

【アオリ】

超年代物のワインの味に感覚を澄ましながら、〝小説家〟がかつて一夜を共にした異国の女とその町での日々をよみがえらせる〈ロマネ・コンティ・一九三五年〉。ヨーロッパから南回りで香港に立ち寄った〝私〟と、謎めいた中国の友人との、淡々としたやりとりに映り込む〝瞬間の人生〟と歴史、川端康成賞受賞の短編〈玉、砕ける〉。

【この一節】

●……さすがだ、と思わずにはいられない。これほど犯され、奪われ、大破され、衰退させられていながら、まだ、女をみちびきだしてくるのである。その後、今日この瓶に出会うまで、グンヴォールのことはときどき思いだすことはあったけれど、多くは闇のなかで踊る骸骨の輝きや、オレンジの果汁のほとばしりや、眼と鼻を髪に蔽われながらわらっている顔など、破片の群れだったのだ。よもや一人の女として瓶のなかからあらわれようなどとは、思いもかけないことであった。もうあとわずかしかのこっていない。一滴ずつ嚙んでみることだ。——〈ロマネ・コンティ・一九三五年〉

破れた繭　耳の物語＊
夜と陽炎　耳の物語＊＊

【作品データ】

一九八三年〜八五年、〈耳の物語〉として「新潮」連載／単行本＝《破れた繭　耳の物語＊》《夜と陽炎　耳の物語＊＊》新潮社（一九八六年）／文庫＝岩波文庫

【アオリ】

自伝的小説《青い月曜日》は世間的には好評だったが、作者に言い知れぬ不満を残した。十年以上ののち、新しい〝光源〟を得て、一人称抜きの独白体で書かれた、一人の男の耳の記憶の物語。作家最後の長編小説で、精緻に刻まれた文章の壮大な伽《が》藍《らん》と、呟き続ける主人公の内省、官能性が開高世界を立ち上らせる、日本文学大賞受賞作。

【この一節】

●臨時に登場はするが、けっして一回かぎりではなく、いわば飛入りの常連ともいうべき光景もある。その一つは、古くて赤くて、くすんだ煉瓦壁に、鬱蒼と緑いろの、たけだけしいばかりのツタが茂っているという光景である。それは暗い木立のはずれにあって、赤い煉瓦壁の向うには雨のあとの深い林がひろがっている。それを眺めていると、歓声も、燈火も、炊煙も、夕焼空もないけれど、視線がしみじみと吸いこまれてはじきかえされることがなく、ひたすら静謐であり、安穏である。この

赤い煉瓦壁は廃棄された工場の壁のようであるが、どこか遠い山の別荘のそれのようでもある。やっぱり、いつ、どこで見たのか、生からきたのか、書物からきたのか、まさぐりようがない。選びようもないし、呼出しようもなく、ボタンのおしようもない。しかし、いつか、どこかで、目撃したのだという心の感触があり、それがあまりにもひそやかなのにしぶといので、捨てることができないでいる。——《破れた繭　耳の物語＊》

珠玉

【作品データ】
一九八九年「文學界」掲載／単行本＝文藝春秋（一九九〇年）／文庫＝文春文庫

【アオリ】
〈掌のなかの海〉＝アクアマリン、〈玩物喪志〉＝ガーネット、〈一滴の光〉＝ムーン・ストーン。海の透明な藍、血の色、白濁した月の光——三種の宝石をめぐり、旅の記憶や女性体験、自身への省察を硬質な文章で刻んだ連作短編。病床で完成された文字通りの絶筆。

【この一節】
●女の体にのると見えるものがある。終っておりると、それきり忘れてしまう。何が見えるか、のってみるまでわからない。何も見えなくなればおそらくこころの影の部分にひそむ資源が掘りつくされたのであろう。今日は何故か雨にけむる羊歯の原生林と恐竜の首が見えた。濃密な雨の降りしきる鬱蒼とした羊歯の密林がひろがり、その梢をつらぬいて一頭の巨獣の長い首が仏塔のようにそそりたっている。首はうごきもせず、揺れもせず、ただ佇立している。阿佐緒の呻吟にあわせて深く浅く体をうごかしながらこの奇異な史前期の光景にまじまじと見とれてすごしたのだった。女は画廊に似ている。地図にない孤島のようでもある。見ず知らずのはじめての町にも似ている。
——〈一滴の光〉《珠玉》

【エッセイ・ノンフィクション篇】

過去と未来の国々
声の狩人

【作品データ】
《過去と未来の国々》一九六〇年〜六一年「世界」連載／新書版＝岩波書店（一九六一年）
《声の狩人》一九六二年「世界」連載／新書版＝岩波書店（一九六二年）

【アオリ】
のちの大旅行家・リポーターである開高健の最初期の海外ルポ。《過去と未来の国々》は初めての大陸中国とルーマニア、チェコ、ポーランド旅行を、《声の狩人》は建国まもないイスラエル、アイヒマン裁判傍聴、ソ連、東西ベルリンでの体験、サルトル会見記などを収める。〝招待旅行〟ではあったが、そこでの人間観察と思考には、ベルリンの壁崩壊や9・11以後の世界に住む人間にも直に訴えてくるものがある。

【この一節】

●イェルサレムでの事件が〝裁判〟ではなくて〝劇〟であったということを考える。そう考えたうえなら、つぎのことがけっして不当なことであるように私には感じられない。それが時代錯誤も甚だしい行為であることは百も承知のつもりだが、無関心と偽善と冷笑癖で度しがたい象皮病におちこんでいる今日の麻痺をいくらかでもひき裂くかも知れないという理由と期待から、この場合にかぎり〝責任〟を徹底的に明示してほしいという理由から、私はつぎのように考えた。時代錯誤。報復主義。暴力。忘却を知らぬ偏執。どんなそしりをうけてもかまわぬ。

　アイヒマンは釈放すべきであった。ぜったい、生かしておかねばならなかった。生かして、釈放し、彼自身の手で彼自身の運命を選ばせなければならなかった。焼鏝を用意し、彼の額に鉤十字を烙印して追放すべきだった。　――〈裁きは終わりぬ〉《声の狩人》

ずばり東京

【作品データ】

一九六三年〜六四年「週刊朝日」連載／単行本＝朝日新聞社（一九六四年）／文庫＝光文社文庫

【アオリ】

大阪人・開高健が、アジア初の五輪開催を前に急速に変貌する六〇年代の大都会・東京に、問いかけ、会い、仰天し、文字どおり挑み続けた一年間の週刊連載ルポ。自ら「毎週毎週、デッサンの勉強にはげんだ」とも「文体は思いつけるかぎりの変奏と飛躍の曲芸に心を託した」（前白）とも言う。当時と今とでは通りも建物も、数字も、流行も、ノスタルジーも変わっているが、〝街と時代〟をまるごと表現してやろうとする著者のすがたは感動的。

【この一節】

●すべての橋は詩を発散する。小川の丸木橋から海峡をこえる鉄橋にいたるまで、橋という橋はすべてふしぎな魅力をもって私たちの心をひきつける。右岸から左岸へ人をわたすだけの、その機能のこの上ない明快さが私たちの複雑さに疲れた心をうつのだろうか。その上下にある空と水のつかまえどころのない広大さや流転にさからって人間が石なり鉄なり木なりでもっとも単純な形で人間を主張する、その主張ぶりの単純さが私たちをひきつけるのだろうか。橋をわたるとき、とりわけ長い橋を歩いてゆくとき、私たちは、鬼気を射さぬ孤独になごんだ、小さな、優しい心を抱いてゆくようである。
しかし、いまの東京の日本橋をわたって心の解放をおぼえる人があるだろうか。——〈空も水も詩もない日本橋〉《ずばり東京》

ベトナム戦記

【作品データ】

一九六五年一月〜三月「週刊朝日」連載、大幅改稿のうえ同年単行本化＝朝日新聞社／文庫＝朝日文庫

【アオリ】

小説家の魂をもった作家が特派員としてベトナムとその戦場へ行き、危地から生還し、〝書かれ得ずして消えていく〟ものの存在を意識しながら書き上げた、ルポルタージュ文学の一つの頂点。この戦場体験は消えることなく開高文学の中心にあり続け、後に続く多くの作家、ジャーナリストに影響をあたえた。

【この一節】

●ベトナム人でもなくアメリカ人でもない私がこんなところで死ぬのはまったくばかげているという感想だけが赤裸で強烈であった。無意味さとうつろさがこみあげて、何度もむかむかした。自分がおろかしく軽薄な冒険家にすぎないように思えた。白昼のギラギラする日光と土埃りのなかを歩いていると、ときどき体がからっぽの肉の袋のように感じられた。自分が何なのか、よくわからなかった。サイゴンへ帰ろう、サイゴンへ帰ろうと考えながら私はそうせず、おびえながらただ何となく、毎日、昼から夜へと漂っていった。——〈姿なき狙撃者！　ジャングル戦〉《ベトナム戦記》

人とこの世界

【作品データ】

一九六七年〜七〇年「文藝」連載／単行本＝河出書房新社（一九七〇年）／文庫＝ちくま文庫

【アオリ】

文芸誌に断続連載された〝文章による肖像画集〟。大岡昇平、武田泰淳、金子光晴、今西錦司、深沢七郎、島尾敏雄、古沢岩美、井伏鱒二、石川淳、田村隆一。著者自身「このシリーズは対談、作品論、人物描写などを混和して遠近法のあるスケッチ肖像画集を作る目的ではじめた。対談の部分の取捨は私がする。だからアンフェア・プレイである」としている。描かれた肖像画一つ一つの彫りの深さから、相手へのフェアな敬意と誠実が伝わってくる。

【この一節】

●……私は『野火』を貪り読み、ことごとく感嘆したが、ただ後半になって神が登場し、かつ主人公が人肉嗜食を試みようと

したときに、その右手を左手がおさえてしまうという工作に、理由のさだかでない不満をおぼえた。いまでもこの件りは私の体に入らない。何かしら不自然なのである。あれほど細緻なはずの大岡氏が右手のうごきを左手がおさえた瞬間のうごきのあとで、ただちにそれを解読するがごとく、

「汝の右手のなすことを、左手をして知らしむるなかれ」

という聖書の一句を引用して行動を補強しようとしている。主人公の狂気はここからはじまるのだが、これは合理化の心性の越権行為ではないだろうかと思う。右手が人肉をそぎとろうとして行動しかけたときに左手が反射的におさえてしまうという描写だけなら、まだ私は唸って黙りこむしかなかったかもしれない。——〈マクロの世界へ　大岡昇平〉《人とこの世界》

フィッシュ・オン

【作品データ】

一九七〇年「週刊朝日」連載／単行本＝朝日新聞社（一九七一年　写真・秋元啓一）／文庫＝新潮文庫

【アオリ】

アラスカから始まって西ドイツ、ナイジェリア、エジプト、タイなど各地・各国での釣り紀行を収める。釣り師なら一度は挑戦したいと夢みる魚や釣り場を巡りながら、釣り竿を担いだ人間にのみ見える、聞こえる事物との出会いや省察を展開、「釣りを文学にした」と評されるロングセラー。


【この一節】
●釣られた魚は疲れきっているので、そのままジャボンと投げてはいけない。両手で頭と腹をささえ、上流に向けて、しばらくつけておく。そのときけっしてエラを強くおさえてはならない。魚が呼吸できなくなる。ただゆったりと魚体をささえるのである。水のなかの両手はたちまちしびれて、感覚を失ってしまう。すると、やがて魚は力をとりもどしはじめ、自分からゆっくりうごきはじめ、私の手をはなれて、岸沿いに上流へ、よろよろと消えていくのだった。
「さようなら」

私がつぶやく。

「賢くなるんだぞ。二度とかかっちゃいけないよ。ずるくて利口になるんだぞ」

私がぶつぶつ英語でいってると（——アラスカの魚なのだから英語でなければわからないだろう）、パーキンソン君と、写真をとっていた秋元啓一が、声をたてて笑った。

パーキーがいう。

「釣られた魚はくたびれきってるから、そのまま水へ放すと、ことにこういう急流だと、息ができないで、流されるままになり、死んでしまうのです。魚が水におぼれるんです。そういうことがある」

私がいう。

「人間はウイスキーにおぼれることがあるね」

パーキーはしばらく考えてから、

「人間は魂におぼれることがある」といった。――〈アラスカ〉《フィッシュ・オン》

白いページ

【作品データ】

一九七一年〜七五年「潮」連載／単行本＝潮出版社（一九七五年）／文庫＝光文社文庫

【アオリ】

冒頭のエッセイは〈飲む〉と題されて、スタインベックの掌編にある朝食のベーコンの話から、故郷の水の逸話へ、知らない国で飲む水から東南アジアの水にまつわる経験・観察へ、最後は新潟県の銀山湖畔での岩清水の味へ。〈食べる〉〈困る〉〈狂う〉……動詞一つ一つをきっかけに展開される、旅や味覚、国際情勢からポルノ談義まで、〝白いページ〟を前にエッセイスト開高が存分に腕をふるった随想集。

【この一節】

昔、熱狂したり、衝撃をうけたり、頭があがらないほどの感動を浴びせられたりした本を数年後、十数年後、数十年後に読みかえしてみるのはいい鍛錬になる。たいていのそういう本は一変していて、なぜこれにあんなに感動したのか、なかにはまさぐりようもないと感ずるまでに変っているものもある。ただ読みすすむうちに当時の自身がありありとよみがえる懐しさがあり、それが擬態の情熱をにじんでくれるが、郷愁はやっぱり郷愁であって、発見ではないのである。ただ、書物ほど容易に、優しく、謙虚に、過去の自身を見せてくれ、辿りつかせてくれるものは他にあまりないから、こういう本はどんなことがあっても売り払うわけにはいかないのである。もしそういう本について新刊本とおなじように批評を書かねばならないとしたら心苦しいことであろう。――〈続・読む〉《白いページ》

眼ある花々

生物としての静物

【作品データ】

《眼ある花々》一九七二年「婦人公論」連載／単行本＝中央公論社（一九七三年）

《生物としての静物》一九八一年〜八四年「PLAYBOY日本版」連載／単行本＝集英社（一九八四年）

【アオリ】

〝花々〟を軸に、旅した国々、森や町、人、それにまつわる随想を展開するエッセイ集の精華――《眼ある花々》。作家の長い旅の〝物言わぬ小さな同行者〟だったライター、パイプ、釣道具、帽子……思い出と愛着の深い静物・小物をめぐる連載随想の妙――《生物としての静物》。

【この一節】

●ルアーについた傷もうれしいものである。いい魚を釣って軸が曲がったり、ボディーに傷がついたり、針がのびたりした物は忘れずにタックル・ボックスに記念品として格納し、帰宅してから夜ふけにチクチクと眺め入ることにしてある。これは香水や、酒や、料理などとおなじように記憶の喚起剤として最高の事物である。深夜の灯の下でひっくりかえしたり、表返したりしつつ、現場のことを、ああだったな、こうだったなと思いめぐらしていると、川の瀬音や、魚の跳躍の閃めきや、ブレーキを突破して糸の走る悲鳴などが、つぎからつぎへと、春の枝の芽のようにとめどなく顔を出して、花をひらき、消えていく。心の憂患をしばらくよこにおいて、航海からもどったばかりの船乗りのように悠々とした肩つきになり、遠いまなざしになれるのである。――〈釣師と釣具、あるいは深くもつれあうもの〉《生物としての静物》

開口閉口

地球はグラスのふちを回る

【作品データ】

《開口閉口》一九七五年～七六年「サンデー毎日」連載／単行本＝毎日新聞社（一九七六、七七年）／文庫＝新潮文庫

《地球はグラスのふちを回る》＝新潮文庫

【アオリ】

週刊誌に一年にわたって連載された随想の集積（《開口閉口》）。一編一編は比較的短めだが、書評あり、映画評あり、食談あり、釣談あり、知の峰からの眺望もあれば、初めての自炊暮らしのてんまつの同時中継もあって飽きさせない。開高流ユーモアも芳醇さを増し、文庫用に編まれたエッセイ集《地球はグラスのふちを回る》（新潮文庫　そのなかの一編だけ本書と重なる）とともに、開高ワールドへの絶好の入門書として挙げられる。

【この一節】

●仕事にいきづまって朦朧となりながらも気力と体力にゆとりがあるとき、台所にもぐりこんで妙な料理をこしらえたり、皿を洗ったりするのは気散じにいいものであることがわかった。これまで私は腕の上下はともかくとして、とにかく〝プロ〟のつくったものを食べるだけですごしてきた。そしてその味がいいの、わるいの、ワカッているの、いないのと、批評を下すことですごしてきた。つまり、ある国文学雑誌の誌題を借りて申すと、〝解釈と鑑賞〟にふけってすごしてきたのである。それを座談会で喋ったり、作品に書いたりはしたけれど、ひたすら解釈と鑑賞だけだった。自分で台所にたって火にフライパンをかけたり、また、食べたあとでそれを洗ったりなどということは、思いもよらぬことだった。ましてや、ショッピング・カーをおしてスーパーへいったり、魚屋や八百屋の店さきで、あくまでも自分が料理するものとして光沢や艶《つや》の観察にふけるなど

ということは一度もしたことがなかった。――〈買ってくるぞと勇ましく〉《開口閉口》

オーパ！


【作品データ】

一九七七年〜七八年「ＰＬＹＢＯＹ日本版」連載／単行本＝集英社（一九七八年　写真・高橋曻）／文庫＝集英社文庫

【アオリ】

開高健のもとにサンパウロの日本人釣師グループから〝挑戦状〟が届く。「ブラジル・アマゾンで巨大魚ピラルクーを釣ってみませんか？」。開高健とその一行は〝地球の裏側〟南米の大河をさかのぼり、巨魚、怪魚を追いかけ、大自然の奥深くで「オーパ！」（驚き）の声を上げ続ける。釣魚・紀行・文明論ノンフィクションの古典的名作。


【この一節】
●甘い海。迷える海。大陸の地中海。漂い歩く沼。原住民や探検家や科学者たちはそれぞれの眼からさまざまな定義と名をあたえ、日本人移民はただひとこと「大江《たいこう》」と呼び習わした。どの命名もこの河の性格の一片を正確無比にとらえて必要条件をみたしはしたけれど完全というには遠かった。おそらく今後も――いつまでかはわからないが――この河はダムや橋を拒んだように言葉を拒みつづけることだろうと思う。ライオンという言葉ができるまでは、それは、爪と牙を持った、素早い、不安な悪霊であったが、いつからともなく〝ライオン〟と命名されてからは、それはやっぱり爪と牙を持った、素早くて、おそろしい、しかし、ただの四足獣となってしまったのである。必要にして完全な条件をみたした定義がアマゾンにあたえられて不安が人間から消え、ただの大きな河となってしまうのはいつのことだろうか。――〈第一章　神の小さな土地〉《オーパ！》

最後の晩餐

【作品データ】

一九七七年〜七九年「諸君！」連載／単行本＝文藝春秋（一九七九年）／文庫＝光文社文庫

【アオリ】

グルメにしてグルマン（大食漢）、食談の名手といわれた開高健が、人間の食欲なるものに真っ向から対した長編エッセイ。古今東西の資料を漁り、自身の体験・記憶をフル動員し、インタビューし、実験し、作ってもらい、実際に食べ、酔い、思索した〝食のルポルタージュ〟。軽妙な語り口ながら、食味エッセイの域を超えて人間の滋味と凄味がしみ出してくる。


【この一節】
●……知らないひとは私の顔を見るたびに、うまいもンを食べて、それを楽しんで書いて、それで原稿料をもらって、結構ずくめですなァと、おっしゃる。この誤解はいくら説明しても解いてもらえないとわかったので、近頃では何もいわないことにし、よくよく何かいいたいときには、エエ、もう、世間の人がバカに見えて困りますと、お土砂をかけてグンニャリさせることにしてある。こういうのは職業の苦痛ということがわからないハッピー人種で、まことにうらやましいけれど、川の向う岸におられるようである。山の高さを知るには峯から峯へ歩いたのではわからない、裾から一歩一歩攻め登らなければならないというのと似ていて、名酒の名酒ぶりを知りたければ日頃は安酒を飲んでいなければならないし、御馳走という例外品の例外ぶりを味得したければ日頃は非御馳走にひたっておかなければ、たまさかの有難味がわからなくなる。美食とは異物との衝突から発生する愕きを愉しむことである。日頃から美食ずくめでやっていたら、異物が異物でなくなるのだから、荒寥の虚無がひろがるだけとなり、あげくの果ては、斉の桓公のように、人肉を食べてみたいといいだすことになる。　――〈最後の晩餐i〉《最後の晩餐》

もっと遠く！
もっと広く！

【作品データ】
《もっと遠く！》一九八〇年、《もっと広く！》一九八〇年～八一年、ともに「週刊朝日」連載／単行本＝朝日新聞社（一九八一年　写真・水村孝）

【アオリ】
北米アラスカから南米アルゼンチンの南端フエゴ島まで、〝猛烈な表現力〟の作家とその一行が車で地べたを走り抜けた、伝説の〝南北両アメリカ大陸縦断〟ノンフィクション。開高健にとって未知の土地だった合衆国本土をふくめ、各地でテレビCF撮影をこなしながら旅は九カ月におよんだ。このときの体験が、自伝的小説《耳の物語》へも繋がっていく。

【この一節】
●この国に来るのもはじめてならこの市に来るのもはじめて。何もかもはじめて。東も西もわからず、ハドソン河とイースト河のけじめもわからない。そういう日本人の、中年の、一人の、一見紳士風の小説家がホテルからつれだされて地下鉄につれこまれ、スプレイの落書の百家争鳴、百花斉放ぶりにホホウと右の眼で驚嘆する。かつ左の眼は油断なくキョロキョロと乗客を見わたして、盗まれはしまいか、襲われはしまいかと、くまなくガンをとばし、なおもう一つ、さりげなく右手をお尻の下に入れて後門を防衛する。アジア人は肌が美しいのでよくホモに狙われる。中年だからといって油断はできない。サウナ、公衆便所、地下鉄などはとくにジャングルである。ジャングル戦の要諦の一つは木の葉一枚一枚を敵の眼だと思えということにあると聞くが、それはこの町もまったく同じことで、いつ、どこから、何が狙っているかしれないのだ。いいですか。わかりましたね。……　――〈第七章　男と女のいる舗道〉《もっと遠

く！》

美酒について
風に訊け

【作品データ】
《美酒について》一九八一年〜八二年「サントリークォータリー」連載／文庫＝《対談 美酒について》新潮文庫
《風に訊け》一九八二年〜八四年「週刊プレイボーイ」連載／単行本＝集英社（一九八四、五年　写真・立木義浩）／文庫＝集英社文庫

【アオリ】

座談の名手・吉行淳之介と酒について女について人生について語りあった長編対談《美酒について　―人はなぜ酒を語るか―》。読者からの質問に答えるかたちで若者雑誌に連載された、語り下ろし人生相談《風に訊け》。ともに開高健の語りの魅力と、あふれるようなその人間味に触れることができる。


【この一節】
●大学に入って哲学という自分の答えのなかなか出ない迷路のような学問に出会うことができ、感動しています。先生は哲学をどうお考えですか？（鹿児島県鹿児島市　迷助　十九歳）
哲学は、理性で書かれた詩である。あれは詩なんだ。論理と思ってはいけない。詩なんだよ。もう一歩つっこんでいうと、詩の文体で書かれた心の数学である。

もちろん、その理性の詩は感性で裏付けられている。したがって、一度その詩から君が外れてしまうと、いっさいは屁《へ》理屈のかたまりにすぎなくなる。その哲学者の感性および理性の周波数と、君の周波数とが一致したとき、それはみごとなボキャブラリーの殿堂になり、宮殿になり、大伽藍《がらん》になることもある――ということっちゃ。――〈哲学。〉《風に訊け》

白昼の白想
言葉の落葉（全四巻）
あぁ。二十五年。
一言半句の戦場

【作品データ】
《白昼の白想　開高健・エッセイ１９６７―78》＝文藝春秋（一九七九年）
《言葉の落葉 Ⅰ〜Ⅳ》＝冨山房（一九七九年〜八二年）
《あぁ。二十五年。　開高健　１９５８―１９８３》＝潮出版社（一九八三年）
《一言半句の戦場》＝集英社（二〇〇八年）

【アオリ】

ともに開高健の単行本未収録の文章・聞き書き・インタビューなどの大集成。以下、各オビコピーから。

「断片130　……時代とその声、懈怠と熱狂、追悼と喝采…。散文表現の可能性を自在に試みた独自のエッセイ集!」《白昼の白想》

「机上に蠍《さそり》、文体にユーモア　1970〜1981　単行本未収録全エッセイ」《言葉の落葉 Ⅳ》

「……一個の瞬間的感触を揺るぎない確信にまでたかめてきた、四半世紀の歩みを、単行本未収録のエッセイで辿る。」《あぁ。二十五年。》

「文豪、最後の新刊!……没後20年。甦る!あのユーモア、切れ味、洞察、人間味!」《一言半句の戦場》

【この一節】

●……魔との握手で《黒い絵》の一群は成ったが、天才としかいいようのないものがまざまざと感じられる。ゴヤを見るまで私は天才というものは若年の閃光かと思いがちであったけれど、四〇歳、五〇歳、六〇歳になってからようやく全容をあらわしてくる場合もあることを教えられたような気がした。彼の宮廷画家としての前半生の作品はスポンサーの注文に応じて描いたものだからということもあるけれどとくに卓絶したものの気配は感じられないのである。けれど彼の根はのびつづけ、ひろがりつづけ、雄渾な自由を獲得して闇の力を解放したと思われる。語られることのない歴史に形をあたえ、色をあたえたと思われる。……　──〈ゴヤが夜ふけに見た〉《白昼の白想》

●けれど、文学はこれまで生きのびてきたし、おそらく今後も生きのびていくであろう。穴居時代の焚火のまわりでの夜話からはじまったこれはいつまでも新陳代謝して書きつがれ、語りつがれていくことであろう。ある国で『すでに本はたくさん書かれすぎている』という諺《ことわざ》がつくられ、ある詩人が『なべての書《ふみ》は読まれたり、肉は悲し』と訴えても、新しい書は書かれつづけるであろう。

作家はつねに時代の微震計であり、作品はいつまでも「現在」である。人は昨日にたいしては賢くなれるが、今日については迷う。迷わせられない、毒のない作品は生きていない。そして、毒でない薬というものもない。文学全集はわが国独自の出版慣習だけれど、そういう様式が編みだされなければならなかった理由はこの九十七巻のなかにまざまざと読みとれるのである。指をのばせばそこに百年の今日がある。　──〈そこに百年の今日がある〉《一言半句の戦場》

ある「開高健」年譜

この作家は自伝的要素を含んだ作品をいくつも残しました。以下は、没後まもなく出版された詳細・大部な『開高健書誌』（浦西和彦編）をもとに、代表的作品の成立時期と事項を抜き出し、そのころの作家の内面に触れたと思われる記述を各作品から抜粋して構成したものです。

＊それぞれの引用末尾（　）内はその記述の出典作品名。エッセイには収録先のエッセイ集名、短編小説には収録先の単行本名を付記しました。

＊開高は十二月三十日生まれのため、満年齢は通常より一年ずれることがあります。

一九三〇年（昭和五年）

十二月三十日、大阪市天王寺に生まれる。開高正義・文子の長男。

一九三七年（昭和十二年）

四月、大阪市立東平野小学校に入学。

十二月、大阪市住吉区へ転居。

一九四三年（昭和十八年）

四月、大阪府立天王寺中学校（現・天王寺高等学校）入学。

五月、国民学校教頭だった父が病死。満十二歳で家長となる。

●父が死んでみると、ふいに家のあちらこちらに影がキノコのように、水のようにしみだしてきた。玄関から庭石まで、いたるところに影がはびこり、日中でも夜でもまざまざと見ることができた。どれほど日光が直射しようが、電燈を明るくしようが、そうしているあいだだけ影は一歩しりぞくと見えるが、それは内気そうに眼をそらすそぶりにすぎなくて、しばらくたてばたちまち音もなくもとの場所にもどり、そればかりか、さらに根を深くはびこらせたらしいと感じられるのである。――《破れた繭　耳の物語＊》

一九四四年（昭和十九年）

校舎が兵営に代用され、授業が停止状態に。飛行場の雑用、火薬庫造営、操車場動員などに駆り出される。

●ときどき私たちは操車場の作業が早くすむと、帰りに学校へよってみる。学校は天王寺駅から近いので、歩いてゆける。勤労動員令がでて生徒がみんなどこかへ散ってしまうと、からっぽになった校舎へ兵隊が入るようになった。――〈飛行機はイモで飛ぶか〉《青い月曜日》

●……美しく死ぬことは美しく生きることだ。若い隊長は頬を紅潮させ、白絹のスカーフに風をなびかせ、音吐朗々と叫んだ。半長靴をはいた航空服姿の精悍で悲痛な彼の演説に私たちはうたれた。この飛行場にきてからたえて眼にしたことのない戦闘機や爆撃機や爆音や石油などの唸りを彼はひとりで代表していた。目的を知らず、意味をさとらず、ただ運動する精力それ自体で、彼は、あった。私たちは彼の美貌にうたれて恍惚としていた。彼はたちどまらず、ふりかえらず、言葉に酔い、無智で、倨傲であった。彼の演説の内容は一分の凝視にも耐えられなかった。けれど、私たちは、なんといっても都会育ちであった。すばやいまなざしが好きで、うつろで鋭いたわごとが好きだった。美しく大きなたわごとに泥酔しきっている彼の鋭い無知が好きだった。――（同前）

一九四五年（昭和二十年）

八月十五日、満十四歳で敗戦を迎える。

●……私はおごそかに硬直し、祖国の崩壊に対面して崩壊しなければならないもののようであった。先生ははばかることを知らず、浪費を惜しむことなくひらいていた。私も泣くか叫ぶかしなければならないもののようであった。しかし、私は感動しなかった。いくら待っても感動はどこからもおそわなかった。まったくその気配はなかった。私は冷たく、無感動で、何も感じず、何もうごかず、むしろ先生の激情ぶりに当惑していた。早く先生が泣きやんでくれたらいいとだけ思ってたたずんでいた。――〈南京さん〉《青い月曜日》

一九四八年（昭和二十三年）

四月、旧制大阪高等学校に入学。

●戦争があろうとなかろうと乱読癖だけは変らなかったが、十五歳か、十六歳のときに、奇妙なことが発生しはじめた。本を読んでいるさなかに文字が解体するのである。どれくらい白熱させられ、夢中になって読んでいても、頁のどこかでふとたちどまって、ある任意の文字を眺める。〝木〟という字でもいいし、〝街〟という字でもいい。なにげなくそこにたちどまって字を眺めていると、たちまちバラバラに分解しはじめるのである。意味、イメージ、重さ、匂い、記憶、すべてその字につきまとう属性が蒸発して、空白になり、あとにはただ朦朧とした恐怖がのこって全身を占めるだけになる。ハッとなって眼をそむけようとするが、いつも遅すぎる。気がついたときには罠の歯に食いこまれて、どうにも身うごきならなくなっている。

――〈私の文章修業〉《食後の花束》

一九四九年（昭和二十四年）

学制改革で旧制高等学校が廃止となり、四月、大阪市立大学法文学部法学科を受験、合格。

●私の〝学歴〟をいますぐかぞえられるところで思いかえしてみると、小学校に入学したときは〝尋常小学校〟だったが、卒業するときは〝国民学校〟と変っていた。中学校は天王寺中学校で、これは入るときも出るときもおなじだったが、私の世代のすぐあとでそれは〝天王寺高校〟と変った。私は旧制の中学校の最後の卒業生であったわけである。つぎに旧制高校の大阪高等学校の文科甲類というものに進んだが、これは一年きりでなくなってしまったから、私は旧制高校の最後の〝修了生〟となる。翌年から新制大学というものが創設されたので、これにも進むが、おかげで四年後には新制大学の最初の卒業生というものになる。――〈頁の背後〉

一九五〇年（昭和二十五年）

三月、同人誌「えんぴつ」に参加。

●私は山沢にさそわれるまま、彼の主宰しているガリ版の同人雑誌の同人になることにした。私は小説家になれたらいいと思った。けれど、何を書いていいのか、わからなかった。梶井基次郎や中島敦を読むと、何もかもいいたいことは彼らがとっくに書いてしまっていると感じられた。ドストエフスキーやチェーホフを読むと、とても私の這いこむすきはなかった。サルトルは『嘔吐』を書いて、孤独な個人の内なる道をことごとく描きつくしてしまったようである。――〈唐辛子のような女〉《青い月曜日》

一九五二年（昭和二十七年）

正月前後、牧羊子の家へ移る。

七月、長女・道子誕生。

十一月、同人誌「ＶＩＬＬＯＮ」に参加。

●私は学校には月始めにしか登校しなかった。月始めには奨学金がでるのである。〝成績優秀、操行善良なる〟学生にあたえられるところの奨学金である。私はなにくわぬ顔で事務室へいくと、ハンコをおして金をもらい、額白く眼澄める秀才の仲間入りをしてから、脱兎のごとくかけだして薬局に走り、ドライ・ミルクを買った。虚栄心や傲慢や血のさわぎや不手際や気弱さなど、さまざまなもののまじりあった衝動から私は結婚し、駈落ちしたうえに子供までつくっていたのである。――〈私の青春前期〉《白昼の白想》

一九五三年（昭和二十八年）

三月、牧羊子との婚姻届出。

十二月、大阪市立大学法学部（法文学部より分離）法学科を卒業。

一九五四年（昭和二十九年）

二月、壽屋（現・サントリー）に入社、宣伝部員に。

●その頃、私は大阪に住んで寿屋の宣伝部に勤め、明けても暮れてもトリスの宣伝文を書いてすごしていた。そのかたわら、『洋酒天国』という小雑誌の編集もしていたので、何やかやと用事があって、月に一度か二度、上京した。上京すると、よく佐々木基一氏の御宅へ遊びにいった。小説家になりたいと思うことはあったけれど、本腰を入れて取組むには自信が散乱しすぎていたし、暮しに追われすぎていたので、酒を飲んで氏の話を黙って聞いて帰るだけだった。——〈銃声と回心〉《白昼の白想》

一九五六年（昭和三十一年）

十月、東京支店へ転勤、東京・杉並に転居。

一九五七年（昭和三十二年）

八月、〈パニック〉を雑誌「新日本文学」に発表し、一躍新人作家として注目される。

一九五八年（昭和三十三年）

二月、〈裸の王様〉（「文學界」掲載）で第三十八回芥川賞を受賞。

三月、《裸の王様》（文藝春秋新社）刊行。

一九五九年（昭和三十四年）

八月、《屋根裏の独白》（中央公論社）刊行。

●『屋根裏の独白』は周知の人物を原型にしているが、伝記ではない。時代と個人的経歴の原則的な事実はできるだけ守ったつもりだが、かなりの部分は恣意的な想像で書いた。

彼は一九〇九年から一九一三年頃、およそ十八歳の秋から二十四歳の春まで、ウィーンにいた。——〈屋根裏の独白　後記〉《言葉の落葉 I》

十一月《日本三文オペラ》（文藝春秋新社）刊行。

●文体や発想法や主題などいろいろな面で私は自分のカラをたえず破りつづけていきたいと思っているのだが、そのきっかけのひとつがこれである。これは泥棒の集団を描こうとしている。最下層の人間たちのうめきとはげしい力と、笑いを私は描きだしたい。——〈「三文オペラ」と格闘〉《言葉の落葉 I》

一九六〇年（昭和三十五年）

五月〜七月、日本文学代表団一員として中国訪問。

九月〜十二月、ルーマニア平和委員会、チェコスロヴァキア作家同盟、ポーランド文化省などの招待を受けて訪欧、パリ経由帰国。

十二月、《ロビンソンの末裔》（中央公論社）刊行。

●〝内〟よりも〝外〟に生きよう。そうすることで新しい、未知の、私にふさわしくない力が得られるかもしれない。もう一つの心がつくれるかもしれない。ごく短く乱暴に要約すれば当時の私が感じていたことはそういうことになるだろうか。いわばこれは私にとっては、私の内なる、よく知り、よく感じているが手のつけようがないと感じてもいる〝私〟にとっては、一つの仮説だったわけである。——〈頁の背後〉《開高健全集22》

●この心から発した作品としては『日本三文オペラ』と『ロビンソンの末裔』がある。二つはおそらく一つのカードの裏と表である。尨大なエネルギーと勤勉とユーモァを持たされながらもマイナスに向うしかなく、それに没頭しつつ、あげくは霧散し、四散するしかない都会のどん底の人と、プラスに向おうとしながらも、渾身の力をふるってそう努力しながらも、結局は根こそぎになって都市の病院へ流亡、吸収されていくしかない火山灰地の人。両者の過程を私は描いてみようとしたのである。――〈頁の背後〉《開高健全集22》

一九六一年（昭和三十六年）

四月、《過去と未来の国々》（岩波新書）刊行。

七月～九月、アイヒマン裁判傍聴のためイスラエル訪問、ギリシャ、トルコ、パリを経て帰国。

十月～翌年一月、作家同盟の招きでソビエト訪問、東西ドイツ、パリに滞在。サルトルと会見。

一九六二年（昭和三十七年）

二月、《片隅の迷路》（毎日新聞社）刊行。

三月、〈森と骨と人達〉を「新潮」に発表。

●時代は矛盾にみちみち、いたるところにギシギシ、イライラ、四苦八苦があった。〝作家は一度は現場にたたなければならない〟という要請がいつもどこかにこだまし、それは〝内〟なる私も、〝外〟たらんとする私も珍しく一致してうなずくことであった。そこで私は三井三池大闘争のルポを書きにでかけたり、松川事件がどうにも論告側の立証不完全にしては結論がむちゃくちゃの強弁に思えてならないので広津和郎氏と講演にでかけたり、デモにでかけたりした。その頃、日弁連で〝徳島事件〟というものがあることを教えられ、これはイデオロギーも何も関係のない市井の一個人が偶発事故のために、整合しあわなさすぎる証拠を理由にして訴追、投獄されるという事件だが、おいおいそれを現地にでかけたり、関係者に会ったりして調べていくうちに恐怖におそわれて、『片隅の迷路』という作品にしたりした。――〈頁の背後〉《開高健全集22》

七月～八月、佐治敬三と北欧、西ドイツ各地の醸造所を視察。

十一月、《声の狩人》（岩波新書）刊行。

一九六三年（昭和三十八年）

七月、バリ島で開催されたアジア・アフリカ作家会議に出席。

十月、《日本人の遊び場》（朝日新聞社）刊行。

一九六四年（昭和三十九年）

五月《ずばり東京 上》、十二月、《ずばり東京 下》（朝日新聞社）刊行。

●いや、こういう話はやめよう。統計や数字は感覚に忠実であるべき作家の避けねばならぬところである。私は日本を卑下もしなければ事実に眼をつぶって部分だけ拡大して誇ろうとも思わない。事実を事実として眺めたいと思うだけである。田舎者くさい虚栄を憎むだけなのである。国家が私に対してしてくれたことのみについて私は国家にそれだけの範囲内で何事かを奉仕してもよいと考えてはいるけれど、いまの日本国家についてはそんなことを感じたことがない。気質の中心において私は無政府主義者である。――〈サヨナラ　トウキョウ〉《ずばり東京》

十一月、朝日新聞社臨時海外特派員としてベトナムへ出発。

●僕は小説家だから、国家が作られるまでの過程に、非常に興味がある。作られてしまったあとの国家については書く人もたくさんいるだろうけれども、僕は今のところ、作られつつある国家について書きたいと思うわけです。それに僕らは二十世紀後半の大変動にひとつも直面していない。北京の解放も見ていないし、イスラエルの独立も見ていないし、エジプトの独立も見てないし、いろんなものを見ていない。だから一生にそう何度もあることじゃないから、ベトナムに行って、いっぺん歴史の転換というものを見てみようと考えるわけなんです。そのなかで自分がヤスリにかけられ、試され、言葉を失い、迷い、あるいは希望が出てくるかもしれない。とにかくいっぺんその混沌のなかに、自分をほうり込んでみよう、そして試してみようと思う。そうして自分のなかに残ったものから出発して、ひとつ作品を書いてみたいと望んでいるわけです。――〈日の丸かついで戦火のなかへ〉《あぁ。二十五年。》

一九六五年（昭和四十年）

二月十四日、南ベトナム戦地取材のため従軍中、ベトコンに包囲されるが脱出。二十四日、ベトナムより帰国。

三月、《ベトナム戦記》（朝日新聞社）刊行。

●今度の旅行は私としては七回めの外国旅行だが、この百日間ほどはげしい感情の振動を味わったのははじめてである。人間がつくづくイヤになって吐気をもよおすこともあり、いじらしさにうたれて涙のにじむこともあった。

『週刊朝日』に連載したものを箱根に一週間こもって書きなおしたのがこの本だが、夜寝ていてベトコンにマシン・ガンを頭にうちこまれる夢を何度か見た。汗ぐっしょりになって眼をさまし、となりに秋元君が寝ていないのを見て、おや、ベトナム国寺へいったのかな、ヤング少佐に会いにいったのかなと考える。――〈ベトナム戦記　あとがき〉《開高健全集11》

●この世には書かれ得ず、語られ得ずして消えてゆく物語がいかに多いかということを自分についてつくづく私はさとらされた。サイゴンでも箱根でも、私は気が滅入ってならなかった。ああ、こうじゃない、これはまっ赤なニセモノだと思って、どうにもペンがうごかなくなるのである。――（同前）

五月、〝「ベトナムに平和を！」市民文化団体連合〟の日本側集会呼びかけ人となる。

●罐詰を終って箱根から東京へもどると、狂ったみたいに自身を開放した。週刊誌のインタヴュー。対談。座談会。文学雑誌の随筆。インタヴュー。座談会。テレビの討論会。反戦運動の街頭デモ。講演会。ニューヨーク・タイムスに反戦広告を出すための街頭募金。電話のかかるまま、誘われるままに、何でも書き、何でも語り、何でもやった。――《破れた繭　耳の物語＊》

一九六八年（昭和四十三年）

四月、《輝ける闇》（新潮社）刊行（毎日出版文化賞受賞）。

●この小説の主人公を私は〝私〟という一人称にし、私自身をおびただしくあたえたけれど、それもやっぱり素材と言葉の選択行為であったから私そのものでないことはいうまでもなかったし、私だけが知っているデフォルムをあちらこちらに加えた。けれど、三年の七転八倒が終って、本になり、それをある夜ふけにひとりでこっそり読んでみると、〝私〟と私のあいだに静

かだけれど激しい裂けめがひらくのをおぼえた。——〈ミルクの皮から〉《白昼の白想》

六月、文藝春秋臨時特派員として動乱のパリ視察、東西ドイツ、サイゴンを経て十月に帰国。

一九六九年（昭和四十四年）

一月、《青い月曜日》（文藝春秋）刊行。

●約束の五回分をどうにかこうにか仕上げて私は山をおり、杉村編集長にそれをわたしてからヴェトナムへいき、翌年の二月末に帰国して書斎にもどったのだったが、作品にもどることはひどい苦痛であった。ある苛烈な見聞と経験のために内心の音楽が一変してしまって、弾きやめた時点の心にもどって弾きつづけることができなくなったのである。——《青い月曜日》あとがき〉文春文庫版

●……無邪気は残酷である。そこで、いつだったかおぼえていないが、ある日、いっさいの活動をやめることにした。インタビュー、講演、デモ、いっさいをことわって書斎にたてこもることにした。誰にも会わず、何も喋らず、無益ということならこれ以上ない仕事に没頭することにした。小説を書くことにしたのである。ときどき人がやってきて、〝敵前逃亡した〟とか〝転向した〟と噂されていると伝えてくれたが、いっさいとりあわなかった。——《破れた繭　耳の物語＊》

六月、《私の釣魚大全》（文藝春秋）刊行（＊《完本 私の釣魚大全》は一九七六年の刊行）。

六月～十月、朝日新聞社臨時海外特派員として《フィッシュ・オン》の旅に出発し、ビアフラ戦争、中東戦争を視察して帰国。

●異国の血みどろの惨禍を目撃してリポートを書く仕事をきれぎれながらも、もう十年間、私はやってきたが、いつもその場にたって地べたによこたわって呻吟する人を、助けもせず、祈りもせず、ただ手をぶらさげたままでまじまじと上から見おろしているだけの姿勢、そして大後方の空調のきいたホテルの部屋でうつろで激しい文章を書くだけのこと、それでいくらかの稿料をポケットにすることに、そこはかとなく、いいようのないコンプレックスを感じている。やましさを感じる。——〈戦場の博物誌〉

一九七〇年（昭和四十五年）

三月、雑誌「人間として」の編集同人となる。

六月～八月、書き下ろし小説執筆のため新潟県銀山平に籠る。

十月、《人とこの世界》（河出書房新社）刊行。

一九七一年（昭和四十六年）

二月、《フィッシュ・オン》（朝日新聞社）刊行。

●釣りは子供の頃には毎日やっていたのだけれど、大人になってからはその日暮しに追われて忘れるともなく忘れてしまっていたことだった。しかし、『輝ける闇』というつらい作品に没頭しているとき、あまり体力の減退がひどいので、再開することにした。すると、たちまち病みつきになってしまい、北海道から奄美大島まで訪ね歩く結果となった。それだけではすまなくなり、一九六九年にはアラスカをふりだしに地球をほぼ半周するという旅行までやってしまった。何事によらず私は手をつ

けだすと、とことんやってしまわずにはいられなくなるというところがある。火をめがけてとびこむ蛾のようなものである。——〈《フィッシュ・オン》後記〉

一九七二年（昭和四十七年）

三月、《夏の闇》（新潮社）刊行。

●『夏の闇』も〝私〟という一人称で書かれている。いまの私の見るところでは、この作品はハッキリ、『輝ける闇』につぐもので、第二部である。けれど、書きにかかるまえには、その意図も、予定も、また、第三部がなければならないという覚悟も、何ひとつとして明瞭ではなかった。第三部の予想がないまま、書きだしにかかってしばらくしてから、とつぜん第二部を書いているのだということに気がついたのである。——〈ミルクの皮から〉《白昼の白想》

一九七三年（昭和四十八年）

二月〜六月、「文藝春秋」「週刊朝日」特派員としてベトナムに滞在。

八月、《眼ある花々》（中央公論社）、十一月、《サイゴンの十字架》（文藝春秋）刊行。

一九七四年（昭和四十九年）

三月、《新しい天体》（潮出版社）刊行。

四月、「四畳半襖の下張」裁判に弁護側証人として出廷。

十二月、神奈川県茅ヶ崎に仕事場をかまえる。

●〝事実〟が鮮烈でありすぎるために私はそれとその周辺の細部をこまごまと書くことに没頭してきたのだが、あまりの圧力におされるあまり、ついついその〝事実〟を生じさせるに到った背景なるものについて言及せずにはいられなくなる。そこで、〝戦争〟とか、〝革命〟とか、〝戦術〟とか、〝戦略〟とか、〝歴史〟とか、〝伝統〟とかについて思考をめぐらさずにはいられなくなる。単位が巨大で茫漠とした、正確でもあり朦朧ともしている、集約的なイデェと言葉をいじらずにはいられなくなってくる。小説家ではなくて中説家や大説家になっていく。この避けようのない誘惑のなかにひそかな罠がある。この誘惑に体をゆだねてしまうと、小説家が蒸発してしまうのである。〝人間〟が、その眼、その息、その声音、ふとした一瞬にかくされたおびただしい〝生〟の気配が、消えてしまうのである。

——〈国亡びてわが園を耕す〉《開口閉口》

一九七七年（昭和五十二年）

八月〜十月、ブラジル・アマゾン、パンタナル大湿原へ釣行。

一九七八年（昭和五十三年）

五月、短編集《ロマネ・コンティ・一九三五年》（文藝春秋）刊行。

●……小説家は、毎日、ただぶらぶらと歩くか、うとうと眠るかしてすごし、たいてい夕方までベッドにいて、夜がくると外出し、朝近くになって帰ってくるということを繰りかえしていた。ここの夜はひっそりした石の森林だが、そこを歩きながら、ときどき屋台で焼栗を買ってみたり、牡蠣や雲丹をすすってみたりした。キャフェに気まぐれに入って焼栗といっしょに白の辛口をすすり、舌から腸までのその爽快で冷たい一条の航跡がぼやけて、熱い霧となって、とらえどころなく全身にひろがりはじめると、席をたち、ドアをおしてでていき、熱い栗や冷たい貝でところどころに句読点をうちつつ、脈絡のない、長い文章のような散歩をつづけた。――〈ロマネ・コンティ・一九三五年〉

七月、芥川賞選考委員に加わる。

十一月、《オーパ!》（集英社）刊行。

●こうしてブラジリアはそこに、そのまま、おかれている。今日も輝いている。まるで昨日生まれたばかりのように輝いている。構造物たちはまだ細根も、地下茎も、気根も生やしていない。しかし、建築物も人とおなじように年齢を知らずにはいられないし、体のあちらこちらにそれを分泌せずにはいられないものである。これまでの木造建築や石造建築は歳月や疲労がしるしづけられると同時に成熟の気品や威厳を身につけるすべを知っていて、不断に育ちつづけて数世紀、十数世紀を生きぬいてきた。しかし、現代建築というものはこれまで私が諸国で見聞したかぎりでは、歳月と添寝することができないのである。――〈第七章　タイム・マシン〉《オーパ!》

一九七九年（昭和五十四年）

五月、《最後の晩餐》（文藝春秋）、短篇集《歩く影たち》（新潮社）刊行。

六月、〈玉、砕ける〉（《歩く影たち》収録）で川端康成文学賞受賞。

七月〜翌年四月、朝日新聞社とサントリーから派遣され、南北アメリカ大陸縦断旅行。

一九八一年（昭和五十六年）

九月、《もっと遠く!》《もっと広く!》（朝日新聞社）刊行。

十一月、一連のルポルタージュ文学で菊池寛賞受賞。

一九八二年（昭和五十七年）

六月、《オーパ、オーパ!!》シリーズ取材始まる。

●グレアム・グリーン氏はどうやら生涯、旅行ばかりしていた人物であるかのように見えるが、その効率のよさには感嘆のほかない。ヴェトナムへいったら『おとなしいアメリカ人』、コンゴへいったら『燃えつきた人間』、カリブ海へいったら『ハバナの男』と、かならず一つの旅から一作を蒸溜するのである。それがきまって問題作であるか、名作であるか、代表作であるかなので、感嘆させられる。あまりあっぱれなので、ときには、後半生の彼は小説の文体で〝問題〟を書くジャーナリストではなかったかと、呟きたくなるが、これはもちろん嫉妬からである。一旅一作といってもヴェトナムのときには前後五回も出張し、阿片におぼれたり、急降下爆撃に同行したり、身を挺しての力闘ぶりであった。もし会えるものなら、そして率直に答えてもらえるなら、私は一度グリーン氏に会って、作家としての旅の心得、一旅一作の秘訣をたずねてみたいものだと思うことがしばしばである。――〈悪魔の援助〉《あぁ。二十五年。》

一九八三年（昭和五十八年）

四月、《海よ、巨大な怪物よ》（集英社）刊行。

一九八四年（昭和五十九年）
十月、《生物としての静物》（集英社）刊行。
一九八五年（昭和六十年）
十月、《扁舟《こぶね》にて》（集英社）刊行。
一九八六年（昭和六十一年）
六月、宝石取材のためスリランカへ、七〜八月、イトウ釣りのためモンゴルへ旅行。
八月、《破れた繭　耳の物語＊》《夜と陽炎　耳の物語＊＊》（新潮社）刊行（日本文学大賞受賞）。
●……それまでの半年以上におよぶ抑鬱と、泥酔と、蟄居、妄想で荒みきっていた心に、曲は、澄みきった、冷めたい水のように沁みこみ、のびのびとひろがって、輝やいた。悲痛な呻唸かと思いたいのにどこかけなげに捨棄したものがあり、孤独そのものなのに呪詛はなく、いいようのないいじらしさがある。茫然と心身をゆだねて氷雨にけむる原生林を見るともなく見やるうちに、涙がつぎからつぎへとこみあげ、嗚咽をこらえるのに苦しんだ。どこにこれだけのとあやしみたくなるくらい涙がとめどなく流れておさえようがない。まだ泣けることを教えられて狼狽をおぼえ、茫然としているうちに曲が終った。成熟した男の低い声が早口で作曲者の名と曲名をささやいた。作曲者の名は聞きもらしたが、〝アダージォ・イン・ジー・マイナー〟と曲名だけは聞きとれた。
生きていたいと思った。　――《夜と陽炎　耳の物語＊＊》

一九八七年（昭和六十二年）
二月、《王様と私》（集英社）刊行。
五月、再びモンゴル行。
十一月、《宝石の歌》（集英社）刊行。
●かくも長年月にわたる悪夢であった長城がいったい高原民族の空間衝動にたいして果して有効な防壁となり得たかどうかという問題については昔から中国では議論が絶えなかった。秦の始皇帝が長城を築いてからもひっきりなしに侵攻があったのだから私などは無効説に傾きたいのだが、長城がなかったらもっとひどいことになっていたのではないかという説もそれなりに雄弁であるように思えるので、正直いって口ごもるしかない。しかし、では、他にどんな方法があったのだろうかというと、これまた〝無〟という答がもどってきそうである。これは外敵を入れないための防壁であったが、二十世紀になると国民を逃亡させないためのコンクリート壁がベルリンに出現し、外からというのと内からというのとの違いはあるものの、壁ということではまったく一致している。変れば変るほどいよいよ同じ、とまたしても呟きたくなる。《歴史ハユックリト曲リ角ヲ廻ル》ともいうのだが。果して廻っておるのかね？……　――〈中央アジアの草原にて〉《国境の南》
一九八八年（昭和六十三年）
六月、短編〈一日〉を発表。
●夜明けにすさまじい恐怖におそわれて眼がさめたが、閉じたまま、じっとしていた。凍りついたまま、指一本うごかすこともできない。ふいに全身を音たてて恐怖がかけぬけ、瞬間、どこかからぬけていった。何から発生したのか、さぐりようがない。ときどきそういうことが起る。意識がどこかへ遊びに出かけ、まだ巣へもどらないうちの空白に、激情が突っ走って消えるのである。無意識の力がかけぬけるのである。ときには郷愁が、まぎれもなく郷愁とわかるものが走ることもある。幼年の日の光景や音や瞬間に向けての郷愁であることもあれば、そんな故郷を何一つ持たない、めざさない、郷愁そのものであることもある。いたたまれないほどの甘美が空虚にみたされる。今朝はたまたまそれが恐怖であって郷愁ではなかった。——〈一日〉《珠玉》

一九八九年（昭和六十四年・平成元年）

三月、食道狭窄で入院、四月手術。

四月、《国境の南》（集英社）刊行。

十月、《珠玉》最後の短篇〈一滴の光〉脱稿。

●「酢はそのままだといつまでも酢のままです。しかし、それに何かまったくべつのものをふれさせる。近づける。熱くしてふれさせたりする。そうしたら酢がコロッと醤油になる。酒になる。酢にそういうことがあるとしてのたとえ話ですけれどね。鉛がプラチナに変ったり、銅が金になったり、たとえてみればそういうことなんです。そういう変化を起させる物を触媒というんですが。これが見つからなくて困っている。心の触媒がね。だから小説が書けない。書きたいことはあるらしいんだけれど酢のままでいるんです。近頃じゃ酢のままで腐りかかってきた。

だからここで汾酒を飲んでる。明白《ミンパイ》（わかる）？」——〈玩物喪志〉《珠玉》

十二月九日、死去。

一九九〇年（平成二年）

二月、《珠玉》（文藝春秋）刊行。

三月、《花終る闇》（新潮社）刊行。

あとがき

二十六歳のとき作家・開高健に紹介され、紀行ノンフィクション《オーパ!》の海外取材に編集として参加することになった。ブラジル・アマゾン、アラスカ、カナダ、コスタリカ、スリランカ、モンゴルへとつづいた日々は、開高さんがなくなるまで延べ三百数十日、足かけ十四年つづいたが、じぶんの意識からすると、〝同行〟というよりあとをついてまわったというほうが近い。幸運以外のなにものでもない。

前著『開高健とオーパ!を歩く』はその開高さんとの旅のうち、最初のブラジル・アマゾンでの日々の記憶といっしょに三十三年後の同じ場所を歩きなおし、一種の「卒論」のつもりで書いた。当時は「開高健体験」を濃厚にもった諸先輩のいるなかでおこがましいという意識があり、先行作品もあったので、じぶんなりに書くときのルールをもうけた。

ひとつは、じぶんがじかに見た、聞いた開高健にこだわって書き、開高の書いたものからの直接引用は極力さけること。

もうひとつは、アマゾン取材当時の新米編集の目に映った小説家のすがたにしぼって、後年のじぶんの感想をみだりに差しはさまないこと。

そうした意識的な作家との距離感を好意的に読んでくれたかたがたの声もあり、また、そうすることが開高健という人物についてじぶんの書きうる「リアル」なのだとおもっていた。自身の体験にもかかさなるので夢中になって書き、そのかたくなな書きかたに後悔はなかった。

その気持がすこし変ったのは、本文にも書いたように、開高さんがのこしていった蔵書類を整理するしごとにかかわるようになったことと関係がある。

蔵書といっても、茅ヶ崎の仕事場にのこされた書籍類は、読む人＝開高健が生涯に読んだ本のごくごく一部であり、しかも死後の混乱と歳月の経過のなかにあった。本のおかれた場所や並び順など、わかれば興味ぶかかっただろう情報もほとんど復元できない状態だった。

「開高健記念会」は開高健にゆかりの編集者、デザイナー、写真家、関連企業人など関係者やファンがボランティアで活動してきた団体だが、この記念会が公益財団に移行するさいもちあがったのが「開高健記念文庫」の設立だった。これを手伝うことになって蔵書の整理をはじめ、それらの本にのこされた独特の折り込みに気づいてますます開高蔵書にのめり込むことになった。ながく旅する作家の横顔をながめてきたが、ここにはさらに、書斎での開高さんの内面の旅を推しはかる手がかりがたくさんあるようにおもえた。

もうひとつの理由は、記念文庫立ち上げ作業のさなかにじぶんが喉頭がん（ステージⅣ）の手術で声をうしなったことにある。

がんは二度目で、その十六年前に開高さんとおなじ食道がん（ステージⅢ）を経験していたが、声をうしなうという事態は未経験でショックだった。電話ひとつ、交渉事ひとつできない身となってそれなりにへこんだが、半年のブランクのあと、記念文庫の準備、蔵書の整理といった、黙りこくってできそうなしごとに復帰した。図書係に徹する、ということではじめた。

なぜこのしごとにもどったか。なによりも、開高健の文章が好きだから。かれののこした作品群がいまもわたしにとって輝きを失わず、ながく読み継がれていく価値があると信じられたから。

のこされた蔵書をひもとくことに、開高健というひととじかに対話しているようなよろこびがあることを伝えたかったから。


開高蔵書そのものは古く、もろくなっているものもあったため、古書でなるべく近い版をさがして読んだものもおおい。ただ、開高健がこだわっていたサルトル『嘔吐』のばあいのように、訳者の白井浩司がたびたび手を入れていて、手持ちの一九六九年初版「新潮世界文学」版、一九九四年初版「改訳新装版」（人文書院）とくらべても、そのあいだに位置する開高蔵書の一九七七年「改訂初版」はかなりの異同がみられる。開高蔵書の追体験は現物で、というばあいには開高記念文庫でまず手にとってみるようおすすめするしかない。

本の全編にわたって、開高作品からだけでなく、蔵書からもたくさんの引用があります。意識的なこととおもっていただければさいわいです。引用元の詳細データは、折り込みの位置をふくめ巻末（p183以下）にまとめて記載してあります。

オビの推薦文は「PLAYBOY日本版」誌上で《オーパ！》とならぶ大企画「全東洋街道」を展開された藤原新也さん。尊敬する表現者からインパクトある「推し」がいただけたことは光栄であり、あらためて感謝いたします。

前著の直後から、入院時、これまで、ずっと「書く」ことをはげましつづけてくださった元集英社OBの池孝晃さん。〝開高健による「まえがき」をボツにした副編〟（本文参照）そのひととのやりとりは本書の随所に生きています。

前著のあと、続編を待つといいつづけ、今回の出版にこぎつけてくださった河出書房新社の西口徹さん。前著とともに、かわらず第一読者となってくれた、支えつづけてくれた妻・悦子。

はげましつづけてくださったみなさまに感謝いたします。

菊池治男

付録および本書の参考文献・その他の主な底本

- 『開高健書誌』（浦西和彦編　和泉書院　一九九〇年）
- 『開高健全集』全二十二巻（新潮社　一九九一年〜九三年）
- 『これぞ、開高健。』（雑誌「面白半分」一九七八年十一月臨時増刊）収録の「開高健による開高健年譜」（谷沢永一編）
- 『開高健の世界』（開高健記念会・神奈川文学振興会編　二〇一〇年）

資料協力・開高健記念文庫

菊池治男

（きくち・はるお）

1949年、東京生まれ。早稲田大学文学部卒。1974年、集英社入社。「週刊プレイボーイ」編集部を経て、「PLAYBOY日本版」創刊に参加、開高健の担当となる。開高の1977年の『オーパ！』で六十五日間のブラジル・アマゾン取材に同行、以降、アラスカ、カリフォルニア、カナダ、コスタリカ、スリランカ、モンゴルなどの取材旅行で編集担当を務める。開高との旅は延べ三百数十日に及ぶ。新書、学芸編集部などを経て2010年退社。著書に、『開高健とオーパ！を歩く』（河出書房新社）がある。開高健記念会理事。

開高健は何をどう読み血肉としたか

二〇二〇年一一月二〇日　初版印刷
二〇二〇年一一月三〇日　初版発行

著　者――菊池治男
発行者――小野寺優
発行所――株式会社河出書房新社
〒一五一―〇〇五一
東京都渋谷区千駄ヶ谷二―三二―二
電　話――〇三―三四〇四―一二〇一［営業］
〇三―三四〇四―八六一一［編集］
http://www.kawade.co.jp/

組　版――有限会社マーリンクレイン
印　刷――三松堂株式会社
製　本――三松堂株式会社

ISBN978-4-309-02928-3
Printed in Japan

開高健・著

魚の水(ニョクマム)はおいしい

食と酒エッセイ傑作選

「大食の美食趣味」
を自称する著者が出会った
ヴェトナム、パリ、中国、日本など、
世界を歩き貪欲に食べて飲み、
その舌とペンで精緻にデッサンして
本質をあぶり出す、
食と酒にまつわるエッセイ集成。

河出文庫